U0075361

じん（自然の敵P）
Story:Jin Illustration:Shidu
插畫：しづ

KAGEROU DAZE 陽炎眩亂

4

-the missing children-

Kadokawa Fantastic Novels

今天是我第一次寫日記。

因為是第一次，老實說，到現在還在煩惱要寫些什麼才好。

雖然說「日記就是記錄當天發生的事」，不過在這裡的生活沒有太多值得一提的事，這下子是要我怎麼辦啊？

啊啊，這個說法似乎對那傢伙有點抱歉。訂正一下好了。

對了。說到今天發生的事，就是第一次讓女兒踏出家門了。

外頭的每樣東西都讓女兒雙眼閃閃發光。「那個是什麼？」「那個又是什麼？」不停詢問的模樣彷彿像是看到了以前的自己。

對了對了，途中女兒想去追大蜜蜂時，那傢伙的那股慌張勁兒沒有更誇張的了。

最後他決定趕走蜜蜂，沒想到卻變成自己被蜜蜂追。看到這副窘態，連我也不由得和女兒一起大笑。

自從住在這裡後，不知經歷了第幾次的夏天即將來臨。

話說回來，剛來到這裡時也是令人窒息的盛夏。

現在回想起來，忍不住再次對時間流逝的速度感到驚訝。

能夠三個人一起迎接的夏天，還剩多少次呢？

能夠三個人相視而笑的日子，還剩多久呢？

一想到這些，不由得感到有些寂寞，還是別想了。

所謂的日記，應該是讓人會想反覆觀看、感到開心的東西才對。嗯，今後努力寫出這種日記吧。

既然都決定要寫了，那就不要侷限於當天的事，也把在這之前經歷過的各種見聞都寫下來好了。

嗯，這個主意不錯。

等到哪一天女兒對外面的世界產生興趣，如果這本日記能夠稍微幫上忙，那不就太好了嗎？我是這麼認為的。

從明天起試著多下點功夫吧。

難得收到那傢伙的禮物，得盡可能地每天都寫。

那麼今天就先在這裡打住。

希望明天也會是個好日子。

阿

CONTENTS

我身處於黑暗的地方。

沒有上下，也沒有左右。

既不寒冷也不炎熱。

是個那樣的地方。

死神RECORD I

究竟在那裡待了多久呢？即使在了解「時間」之後的現在，我也依然搞不清楚。

話說回來，待在那裡時的我，照理說應該連「黑暗」的概念也沒有。

不知何時遇見了「光亮」之後，我才變得開始會思考「自己過去曾待在黑暗的地方」。

這個世界上很多事情往往都像這樣。

邂逅了新的事物，才首次理解到過去所發生的事。

遇見「今天」才知道「昨天」，遇見「白晝」才知道「黑夜」。

遇到「冬天」才知道「夏天」，則是不久之前的事。

沒錯，學會記憶之後，我才第一次察覺到這個世界劇烈地持續改變面貌。

取代了過去支配一切的黑暗，這個世界不知不覺間被各種事物所籠罩填滿，每一次眨眼都會改變面貌。

第一次的眨眼結束時，我對從未意識過的這個世界，頭一次產生了興趣。

重複變亮又變暗的「天空」。

陽光照射下，熠熠生輝的「大海」。

傾注於「大地」的「雨水」。

從那孕育而出的「生命」。

並不是受人指使，我持續眺望著出現在這個世界的「那些」，並如同解開繩結一般，一個個去理解那些到底是什麼。

我只是不斷理解著接二連三地誕生、持續腐朽的萬物……我想我很長一段時間都在做這些事。

在能成為某種基準的事物消失得一個也不剩的這段期間，我持續觀察著這世界的變化。

然後某一天，我注意到了。

這個念頭一旦產生，便極度厭惡停止運轉。

就像待在黑暗中的時候一樣，即使不做任何思考，只是一直待在那兒，疑問卻從已經學會「記憶」的腦海中接二連三浮現。

『這是什麼？』

『那是怎麼回事？』

『為什麼這個會在這裡？』

無法壓抑不斷湧出的好奇心，也沒有理由加以阻止的我，任由疑問湧上心頭，日復一日持續著理解之旅。

＊

某一次，我進入洞穴，走在一條毫無岔路的小徑上，最後來到一處有著廣闊湖泊的巨大空間。

洞穴頂端的岩石肌理到處是裂縫，陽光從隙縫中灑下，映照得湖面波光粼粼。

我無意間探頭看向微光照射的一點，水面上映照出一道小小的光影。

搖搖晃晃、彷彿望著這邊的佇立模樣，呈現出與在這之前看到的任何生物都截然不同的樣貌。

一開始我不以為意。生物並不罕見，無論存在何種生命形態都不奇怪。

不過令人驚訝的，是那個生物「好像知道我」這件事。

「被某樣東西注視」的情形，對我而言是不可能的事。

因為不知道為何，截至目前為止，我所遇到的生物，看起來都能夠理解其他同為生物的東西，然而我卻沒有遇過任何知道我的生物。

在這點上，這個影子明明沒有「眼睛」，卻讓人覺得一直盯著這邊看。

我產生了興趣，與那個影子相互對看了一陣子，才察覺到那個模樣毫無疑問就是自己的樣貌。

我相當震驚。

為何在這之前都沒有發現呢？我和其他存在一樣，也有所謂自身的模樣。

第一次邂逅了「自身的模樣」，我內心的好奇源源不絕地湧出。

「我從什麼時候就是這種姿態？」「這裡是如何形成的？」「為什麼是這種模樣？」我仔細觀察著自己身體的每一個角落。

然而，面對腦中浮現出的疑問，我卻回答不出任何一個。

那是非常不可思議的感覺。

就好像對「自己」完全不了解一樣。

明明能夠理解至今所看到的其他存在……

『是誰創造了我？』

忽然浮現的這個疑問，瞬間因思考而淹沒了我的腦袋。

最近我開始在想，說不定我與不知何時出現的「生物」屬於同一種範疇。

假如我能歸類在那個範疇當中，那麼生下我的存在應該位於某處才對，但是在這麼長久的時間裡，至今我仍未曾遇見過。

話說回來，我目睹著「生物」的起源。從這一點來看，我和那些生物們的誕生方式應該有著根本上的不同。

而且，生物會隨著「時間」而無法維持形體，一轉眼就面臨消滅，但我至今卻完全沒有要面臨那個時刻到來的跡象。從這幾點來思考的話，認為自己是完全不同的「某種東西」或許也是理所當然。

但是……

『既然如此，我到底是什麼？』

到目前為止，我長時間進行著像是將出現的每一件事物串聯起來並加以探索一樣的理解之旅，但從來沒有思考過關於「自己」。

為了對浮現的這個疑問做出回答，我終於開始認真思考。

閉上眼睛，讓自己沒入眼前展開的黑暗中。

漸漸回想起類似於那時的黑暗。

找到了。

再一次從最初開始。

＊

……究竟過了多久呢？

我花了相當長的時間，在這裡針對為了得以說明「自己」而進行的追憶之旅。

靠著到目前為止累積的全部知識，循著一個又一個龐大思考的軌跡，依序持續追尋。

幾乎令人暈眩……不，那種事應該不可能發生在我身上，但卻是足以產生那種感覺的漫長尋根之旅。

然後，那場以好奇心為推動力的思考旅行，終於抵達了終點。

我從能夠想起的最初開始，直到在這閉上眼睛的那個瞬間，追溯了我所有的記憶。

不過說到結果……

『……搞不懂。』

低聲說出口的結論，雖然是自己找到的答案，卻令人十分洩氣。

於是我理解到「無論做什麼，都無法說明我自己」的事實。

對於大部分的事情，我至今從來沒有花了時間仍無法理解的，不過這次卻很難說。

試著反覆地回溯記憶，卻還是沒有任何解答。

老實說，面對做到這種程度仍完全找不到答案的疑問，著實令人心煩意亂。

心煩意亂……嗎？

這或許也是追憶過程中的一項附加收穫。

就在想著這些事時，思緒也逐漸鬆懈下來，我試著睜開許久未睜開的眼睛。

眼前的水面仍舊映照出我的姿態——黑色的影子，沒有頭、沒有腳也沒有尾巴，只有黑色的存在。

面對自身難以形容的外表，不久前感覺到的煩躁變得越來越強烈。

如果我的外表是能更容易理解的形狀就好了。

有腳、有頭……如果是這種姿態，或許就能比現在更容易說明了。

就在我挑毛病般地想著這些事時，映照在水面的黑影突然隱約出現了兩個紅點。

就像生物流出來的血液綻放出光芒的顏色。

雖然有點驚訝於發生在自己身上的變化，不過腦袋出乎意料地平靜。

這是……「眼睛」嗎？我記得不久前應該沒有的……

不過，是嗎？我有「眼睛」了嗎？

終於有點像生物了，不過實際上又是如何呢？如果我是不同於生物的某種東西，那麼究竟……

由於剛剛取得了新的情報，我準備再次進入思考，而就在這瞬間，背後突然傳來小石子相互磨擦的聲音。

雖是出其不意的狀況，不過腦袋冷靜地加以判斷。

我認得這個聲音。那是生物前進時，踏在地面發出的聲響。

我反射性地往聲音的方向看去，聲音的主人似乎正走在我來到這裡的路上。

那緩慢接近的聲音聽起來，應該是用兩隻腳步行的小型生物。數量應該是數隻。

就在我想著這些時，不久後果然如預料般，出現的是幾隻小型生物。

只不過這群是從未見過的生物。

最不一樣的地方就是這些生物拿著「有火焰的樹枝」。

牠們應該是靠那個照亮黑暗的洞窟，走到這裡來的吧。

受好奇心驅使，我直盯著那個方向看，而那群生物則越來越靠近我。

隨著逐漸接近，牠們在火焰照射下的模樣顯得更加鮮明。

牠們把某種有機物編成纖維狀，像毛皮一樣穿在身上。

除此之外，腰際還攜帶著刻意磨削過的小型礦物，大概是用來防身的吧。

同時從會用火這點來看，看來是智慧相當高的生物。

牠們那不停四處張望的舉動，似乎是在警戒些什麼，恐怕是在提防掠食者之類的吧。

從身體的大小來看，要是遇到大型生物，應該不一會兒功夫就會被整個吞掉。

就在我一邊想著這些一邊持續觀察時，牠們突然停下腳步，像是要照亮我這邊一般地舉起火，接著發出慘叫。

那是彷彿即將被吃掉一般的淒厲叫聲。這出乎意料的舉動，讓我一口氣快速運轉腦袋。

怎麼回事？這傢伙到底為什麼會發出慘叫？

生物絲毫不理會感到不解的我，不停慘叫，開始揮動拿在手上的火焰。

黑暗中，橙紅色的餘光在空中忽左忽右閃現。

『炎。』

那是「燃燒」物質的現象。

這個我知道。但是牠們為什麼要揮動那種東西？

我完全無法理解那彷彿在驅趕些什麼的動作，然而當揮舞的火焰前端觸碰到我的瞬間，

我突然明白了動作所代表的意思。

維持冷靜態度的我停止思考，取而代之的是被從未體驗過的震撼所淹沒。

『好燙。』

好燙好燙好燙好燙。

這激烈湧現的陣陣尖銳感，讓我陷入極度的混亂之中。

這到底是怎麼回事？

好痛！

好燙！

我無法理解，好痛苦，難以忍受！

眼前被火焰照亮的生物瞪大眼睛，其視線的前方確實捕捉到我。

在被劇烈疼痛淹沒的腦中，不由得打起一個冷顫。

我連忙後退，揮舞的火焰沒有再次擊中我，於空中劃出一道橙色的線。

雖然拚命扭動身軀總算拉開距離，但是被火燒到的部位陣陣疼痛，身體使不上力。

無法逃離這痛苦的感受。察覺到這件事的我，有生以來第一次體會到「恐懼」。

為什麼？

在這之前我明明不曾被火燒過才對。

不僅如此，我甚至不曾與任何事物有過接觸，這到底是怎麼回事？

我拚命轉動腦袋思考，但是最新體驗到的「恐懼」卻無論如何也要妨礙我思考。

生物看到我往後退開雖露出驚訝的表情，卻再次拿著火朝向我襲來。

即使拚命地想立即逃離這個地方卻沒有辦法。

面對突如其來的狀況，思考與身體都跟不上。

對於持續帶給我痛苦的這群生物，我只能因恐懼而不停發抖。

好恐怖，這群生物要做什麼？想對我怎麼樣？

生物襲擊其他生物？到底代表什麼意思……

『……想吃了我嗎？』

就在我這樣心想的瞬間，恐懼占滿了整個腦袋。

在這個世界上，生物襲擊其他生物的理由。

往往是為了「捕食」。

生物為了生存，吃掉別的生命。

沒錯，我知道那些事。

那麼，我也會像被強者吃掉的其他生物一樣，被這群生物吞進肚子裡死去嗎？

一定是那樣沒錯。

因為牠們確實也正執拗地逼迫想逃跑的我。

啊啊，這群生物會殺我。

說不定我會被吃掉。

會死嗎？

死後會變成什麼樣子？

連思考都沒辦法嗎？

拿著火的生物突然拿出了做成奇怪形狀的礦物。

裡面似乎裝了什麼液體，能聽到當中有液體碰撞器物的聲音。

生物毫不猶豫地將裝在裡面的液體潑過來。

下一個瞬間，拿在生物手上的火焰以驚人的氣勢延燒到我身上。

被火勢足以覆蓋視野的火焰燒到，劇痛蔓延全身。

即使想甩開火焰，受恐懼支配而僵硬的身體卻彷彿拒絕行動一樣，不聽指揮。

『好燙。好痛。我不想死。我不想死。我不想死！』

腦中只浮現出這些想法。

劇痛讓身體不停發抖，覺悟到終將面臨「結束」的那個瞬間，那些生物持續發出的叫聲，讓我懷疑是不是聽錯了。

「殺了牠！這隻怪物！」

雷鳴般的叫聲，和之前毫無不同。

但是在我的腦中，只是不停響著代表著眼前這群生物主張的聲音。

然而，就在我試著理解那新的感覺時，這甚至令人厭惡的「意識」卻已開始慢慢遠去。

頭昏眼花，視野逐漸轉暗。像是配合這些動作一般，燒灼身體的劇痛以及恐懼也一點一滴地漸漸緩和。

無法與之對抗、什麼也看不見，即將消失的意識當中，只有生物們的叫聲迴響在腦中。

「……怎麼了？發生什麼事！」

「是蛇！可惡，好痛……居然還在扭動！小心點！」

這群生物在吵嚷著什麼？

蛇是什麼？

雖然搞不懂「蛇」這個詞的意思，不過這個存在似乎讓牠們露出恐懼的情感。

只有這一點馬上就理解了。

「撤退了！」

沒過多久聽到其中一隻在遠處如此大叫，接著傳來踩踏地面的聲音。
牠們似乎以驚人的氣勢衝了出去。
不過，牠們為什麼突然跑出去？
這群生物如此害怕蛇這種存在嗎？
雖然我依然什麼都看不到，不過那些聲響代表什麼意思，我已能夠明確理解。
像是追在後面一樣，剩下的幾隻也響起凌亂的腳步聲，似乎正往出口的方向跑去。
拜託就這麼離去吧。我暗自祈禱。
生物們慌張離去的腳步聲消失之後，殘存的餘音仍反射於岩石表面，久久不散。
總而言之，由於那群生物離去，我總算保住了性命。
不，真的是這樣嗎？

我依然看不見周圍，也不再感覺疼痛。

說不定我已經死了。

在我如此心想時，腳步聲也消失的這片寂靜黑暗當中，傳來「撲通」一聲，某種鼓動的聲音。

不是從外面傳來的。沒錯，似乎是從內側發出的聲音……

『……噫？』

被灼傷的部分突然一陣刺痛。面對像是要貫穿腦袋的銳利感受，我忍不住發出聲音。

像是配合著那一聲，視野恢復正常，原本空白的腦袋也開始運轉。

我連忙環視周遭，湖畔已經看不見先前的生物了。

看樣子果然是逃走了沒錯。

我終於感到安心，不過配合著內側響起的「撲通撲通」聲，劇烈的疼痛也一陣陣地被送往身體。

痛楚……連繫著恐懼，令人難以接受的感覺。

從剛剛那些生物的模樣來看，牠們恐怕也具有相同的感覺吧。

「疼痛」會衍生出「恐懼」。

雖然是皮肉上的痛苦，卻有了切身體會。

斷斷續續傳來的疼痛，看樣子不會那麼快就消失。雖然殘留著「痛覺」，不過和死亡比起來就覺得不算什麼了。

沒想到我如此重視自身生命，連自己都感到驚訝。

腦袋慢慢恢復了正常運轉，很自然地開始回想不久之前所發生的事。

牠們……那群「拿著火的生物」到底是什麼？

牠們抱著明確的殺意想殺死我，絕對沒錯。

越是回想，就越覺得牠們是非常可怕的生物。

對我來說，牠們是「強者」嗎？

很悲慘地，身體再次顫抖了起來。

「恐懼」——我並不想知道這種感覺。

我想要盡快忘記，不過已經根深柢固的這種感覺，似乎無法如此簡單就能忘記。

……對了。至今一直看到的、生物死亡瞬間所浮現的那種表情，是基於這種情感所產生的嗎？

剛才體驗到的，像是自己的一切將被永久剝奪的感覺，像是掉到無底深淵的感覺。在這個世界上，如此絕望的事每天都不斷重複上演。

這樣一想，突然覺得這個世界好可怕。

什麼啊。別說自己的事了，我連對這個世界上的事竟然也都是一知半解嗎？

發生在自己身上的變化，竟會如此地改變我對世界的看法。

在領悟到過去豁達的自己是何等無知的同時，我感覺到自己終於融入了這個世界。

我至今從來不曾想過自己會害怕些什麼。我試著將自己委身於發生在自己身上的不可思議變化。

……對了，最後那些生物大叫著「蛇」並對某種東西感到害怕，那又是怎麼回事？

有點在意的我不經意地看向牠們曾經站立的地方，這時看到有東西在那裡蠢動。

某種類似細長觸手，數量很多的黑色「物體」彼此交纏，在地上到處爬動。

『噫……！』

理解了那些東西後，腦袋再次陷入混亂。

所謂的恐懼，一旦記住之後，似乎會再次回想起來。真是麻煩。

這就是讓剛才那些拿著火的生物嚇得發抖的「蛇」嗎？看來似乎有好幾隻，牠們該不會也想把我……？

我察覺自己再次陷入危險而忍不住發抖，一隻名為「蛇」的存在，無視我的恐懼，扭動身軀來到我的面前。

看樣子我似乎變化成能夠被生物認識的姿態了。

雖然了解到這點，我卻完全沒有可以對抗其他生物的手段。

要是再次受到襲擊，我可能也沒辦法做些什麼吧？

脅迫而來的恐懼讓我忍不住想逃，努力在身上使力。

不過，身體還是一樣無法順利移動。

我簡直就像完全不知該如何移動身體，使上的力氣也沒有產生作用，不知消散於何處。

即使如此，內心依然想逃的我，繼續移動顫抖的身體。然而，蛇已經來到一旦發動攻擊，就能確實給予我致命一擊的距離。

「哇……啊，別、別殺我！」

一陣驚慌湧上，我忍不住發出慘叫。

這句話反射在洞內的石壁上，造成一波又一波的回音。

這當然是我初次發出叫聲，明明是自己發出的聲音，我卻嚇得打了個哆嗦且全身僵硬。

對於那樣的自己，我不知為何湧起一陣異樣的羞恥，腦袋變得更加混亂。

別殺我。

我發出帶有這種意義的叫聲，不知是否能傳達給蛇。

只見「蛇」瞬間停下動作，嘶嘶地吐出舌頭，緩緩開口說：

「剛才會襲擊人類，是因為他們破壞了我們的住所，是種非常麻煩的生物。而我們沒有殺妳的理由。」

我能清楚理解蛇這句話的意思。

不會殺我，牠確實是這樣說的。

不知是否聽到了蛇的表示，其他蠢蠢欲動的蛇就這麼四散開來，消失於此處。

這群傢伙可能是把洞窟當成住處了。

在我思考的過程中，已經歷經了牠們得以誕生、甚至繁殖的時間了嗎？

不知是因為對於能與「蛇」交流意識感到高興，還是對牠們不具敵意感到安心，突然間，我覺得眼眶有些熱熱的。

「什麼，妳在哭嗎？」

「……哭？那是什麼？」

「啊啊，妳不知道啊……原來如此，妳什麼都不知道啊。」

蛇一邊這麼說一邊蜷曲身體，並對著我吐了舌頭兩次。

不知為何，我對於蛇說的「妳什麼都不知道」這句話感到憤怒。

「沒這回事。比起你們，我可是花了更長久的時間持續觀察這個世界喔。大部分的事情我都知道。」

明明直到剛剛都還覺得自己仍有許多不知道的事情，現在卻不禁說出這種話。

後悔的漩渦在腦中慢慢形成。明明老實承認自己很無知就好，為什麼要說大話呢？

「那麼，妳到底是什麼？」

不出所料，面對蛇的詢問，我不由得感到狼狽。

無論這傢伙知情還是不知情，但牠確實問到我本身最不了解的事情。

這個壞心眼的傢伙——然而就算讓這種執拗情感在心中形成漩渦，狀況也不可能有所改變，既然如此，我決定老實回答。

「……這、這個我不知道。我也正想知道這件事。」

突然回答自己不知道實在有點遜，不過除了這麼說沒有其他辦法。

啊啊，要是隨便說自己知道，一定不會有什麼好事。下次要小心，不要隨便亂發言。

聽到我的回答，蛇倒是直截了當回應：「原來如此。」

感覺似乎被小看了，我不禁再次感到生氣，不過由於蛇繼續開口，我便保持沉默。

「不，抱歉。因為妳用的是我們的語言，所以我才會有些在意。不過話說回來，會想了解自己，妳還真是奇怪的生物。」

我雖能聽懂蛇的這句話，卻無法理解其中的意思。

想了解自己是件「奇怪」的事？

完全搞不懂這是什麼意思。

「你到底在說什麼？你知道我到底是什麼嗎？」

聽到我的詢問，蛇回答：「誰知道？我不知道呢。」牠還是一樣像在嘲諷我似地吐舌頭。然後蛇像是想到什麼一般，繼續說道：

「啊啊，人類或許可以引導妳。因為他們也是想要理解自己的生物，說不定可以成為妳的『借鏡』。」

人類是什麼？稍微思考之後，我察覺蛇說的「人類」是指剛才襲擊我的生物，忍不住憤慨了起來。

「你是說我還得再見到他們？他們剛才想殺了我耶？為什麼偏偏是他們知道關於我的事情……」

說到這裡，我突然想起他們對我無意說出的一句話，我不禁驚訝得停下話語。

「……怪物。」

對了，他們稱我為「怪物」。

能夠毫不猶豫地如此稱呼我，人類說不定知道些什麼關於我的事。

但是……

「……聽他們的語氣，確實像是知道我的事，不過我差點就被殺了。若是碰上他們後又遭到襲擊的話，我可受不了。」

沒錯，我害怕遭受他們襲擊。

那極度的恐懼，甚至讓我能無條件地理解生物們為何會奮不顧身地想盡辦法避開襲擊。

「是嗎？想怎麼做妳自己決定就好。因為能知道些什麼的只有妳自己。」

「嗚嗚……我該怎麼辦？」

如果不再次與人類碰面，就無法得知自己是什麼嗎？

但是遇到人類後若遭受襲擊，那更是本末倒置。

或許是看不下去我抱頭苦惱的模樣吧，蛇緩緩開口詢問：

「嗯，那麼妳想想為什麼會被人類襲擊吧。」

「……應該是因為種族不同的緣故吧。之前看到的生物都是這樣。」

「那麼，該怎麼做才不會被襲擊？」

「怎麼做？這個嘛……如果是擁有相同外表的同種族，應該就不會被襲擊了吧？」

稍微思考後，我說出我的看法，只見蛇將頭甩向一邊，做出了應該是要我「看向湖面」的指示。

「……嗯？你要我看看自己的模樣？這麼做有什麼意義？」

聽到我的詢問，蛇沒有回答，只是散發出「別管那麼多」的氣氛重複做出指示。

「到底是怎樣……」

我一邊說一邊心不甘情不願地移動身體，果然還是很難移動。

「唔……我可是也有我的難處……」

不過已經比剛才手忙腳亂的情形像樣許多，雖然只能慢慢前進，但總算得以移動了。

我到底為什麼要做這種事？

對於蛇的指示，我內心浮現不滿。

將身影映照在湖面上，頂多只會出現不久前就看過的、自己有如影子的姿態吧。再次確認這一點有什麼意義？

如果這麼做沒有任何好處，那麼到時找蛇算帳好了。

啊，不對，蛇很強。我拿牠沒辦法。

我慢吞吞地拖著身軀，好不容易終於抵達湖畔。

只是移動這麼短的距離，竟然就感到如此疲倦。
明明在這之前從來沒有發生過這種事，這到底是怎麼一回事？
我一邊思考著這些，一邊把臉湊近湖面，眼前那出乎意料的景象讓我瞬間說不出話來。
倒映在翠綠色水面上的，是一隻淡橙色的生物。
那無疑就是人類的姿態。
面對這突如其來的狀況，身體猛然顫抖，忍不住發出「哇啊！」的聲音。
不過映照在湖面上的人類絲毫沒有要攻擊我的跡象，反而露出難以形容的表情，和我一樣跳了起來。
我忽然回過神來，戰戰兢兢地看向水面。
稍微思考了一下後，就連我也能理解這個狀況究竟代表什麼意思。
「這傢伙……是我嗎？」
曾經有如黑影一般的我，不知道為何以類似「人類」的姿態，映照在水面上。

相較於剛才的人類，總覺得看起來似乎有些不可靠，身軀也較為小型，但這個形狀的確是人類沒錯。

雖然沒有他們穿在身上那像毛皮的東西，不過身體構造幾乎跟人類一模一樣。

「啥、啥……！」

最近一直處在混亂的狀態，而這次也沒有例外，依舊陷入極度的混亂。

畢竟一連串發生這麼多的異常事態，這也是理所當然的。

像是配合我的心情一樣，映照在水面上的我也張開嘴巴，露出無法言喻的表情。

啊啊，原來我陷入混亂時會露出這種表情啊。我獨自感到信服。

我在手臂使力，倒映在水面上的我也跟著動了動手。

接著我用兩隻手在身上四處任意拍打觸碰，手掌以及觸摸到的部位各自傳達了「那裡是我的身體」的訊息到腦中。

這個身體帶著輕微溫度，具有與火焰完全不同的暖意。

試著觸摸看看之後，身體存在的具體感慢慢湧入腦內。彷彿在意識到之後，全身的感覺終於開始作用一樣。

無意識發出來的聲音，是來自這個喉嚨嗎？

然後，如果是使用這雙腳移動，那我就能理解為何那麼不好動作了。

在我充滿好奇地默默撫摸自己的身體時，原本注視的水面上，突然映出了先前對話的那條蛇的模樣。

「妳從剛才就一直是這個模樣了，不過看樣子妳似乎沒發現呢。」

面對蛇的問題，我仍一邊摸撫著身體，一邊回應：「……我直到剛剛才發現。」接著暫時把手放下。

「這下子更無法理解了。我到底是怎麼回事啊？」

聽到我的詢問，蛇回答：「這個我也不知道。至少我從來沒看過像妳這樣的生物。」

我不知道我待在這裡思考事情時，到底增加了多少種類的生物，不過看來至少就蛇所知的，並沒有看過像我一樣的生物嗎？

我得到了「身體」及「對話」等許多東西，然而即便擁有這些，似乎仍沒辦法立刻得到答案。

不過，這傢伙雖然說了些煞有其事的話，卻意外派不上用場呢。我想著這些時，蛇突然以「只是……」為開頭，再次開口。

難道被發現我在想什麼了嗎？這讓我瞬間嚇了一跳，但我仍冷靜地回了聲：「怎麼？」

「妳實在很不可思議。從空無一物的地方突然現身、變化成各種姿態，還能理解其他生物的語言。從我看來，妳簡直像是從現在開始即將變成『什麼』一樣呢。」

「我即將變成我？別說這種令人一頭霧水的話。我就是我。我想了解我自己的事。」

話才說完，只見蛇吐了吐舌頭，表示退讓地說：「不不不，我知道啦。這只是玩笑話，別放在心上。」

「那麼，我差不多要回巢穴了。能遇見像妳這樣有趣的生物，我很開心。」

「你要走了嗎？很多方面都謝謝你了。」

聽到我說的話，蛇回答：「我沒做什麼了不起的事。」接著便消失蹤影，不知去向了。

在一片寂靜之中，只有我被留下來。

湖面上，依舊映照著彷彿模仿了人類姿態的我。

「……人類。」

我再次舉起手，試著握拳好幾次。

照這個感覺來看，到能好好移動身體，應該花不了多少時間。

至少，我察覺到待在這個地方，真正想了解的事一件也無法獲得解答。

「希望不會被襲擊就好……」

我想我之後會離開這個洞窟，去與人類見面吧。

那究竟代表了什麼意義，老實說我現在仍不知道，但若不搞懂他們口中的「怪物」一詞的真正意思，我實在無法抑止這高漲的好奇心。

「……話說回來，好纖細的身體。外表看起來更強一點不是比較好嗎？」

外面的世界會是什麼樣子呢？

希望至少不是冬天。

畢竟，那樣會非常安靜又毫無趣味。

既然如此，最好是富有變化的夏天，不過實際上又是如何呢？

我抱著些許的期待與極大的不安，搖搖晃晃地開始往洞窟的出口前進。

CHILDREN RECORD III

「……那個老師一定是外星人，因為我完全搞不懂他在說什麼。」

AYANO環視一下周遭，壓低聲音如此說道。

外頭天氣很晴朗。

令人倦怠的悶熱與蟬鳴，這是何等充斥著刻意感的盛夏日。

教室的最後一排，AYANO淺坐在靠窗的座位上，不著痕跡地觀察我的反應。

「啊啊，對啊對啊。」

我心想她又要開始講些麻煩事了，便隨口回應一句，只見AYANO突然消沉地趴倒在桌上。

「啊嗚，SHINTARO今天也好冷淡呢。」

「誰教妳要講那種無聊的話。說什麼外星人，根本只是妳無法理解上課內容而已吧。」

「是、是這樣沒錯啦。」

我快速翻動教科書稍微看了一下，裡頭並沒有什麼難以理解的內容。

基本上，這傢伙腦筋太差了。連這種程度的上課內容都無法理解的人才是外星人吧。

「這就是所謂的笨蛋會把事情怪罪在他人身上嗎？話說上次考試妳也不及格吧？照這樣下去恐怕得上暑期輔導了吧？說到底，妳啊……」

平常只要講到這種地步，照理說她應該會回：「對不起，我是笨蛋。請原諒我。」今天卻相當難纏。

我一邊思考著這些事，一邊看向她，只見ＡＹＡＮＯ不知何時不再趴於桌上，直直瞪著這邊看。

看到個性溫厚的ＡＹＡＮＯ難得露出這種表情，我不由得有些退縮。

「什、什麼啦，妳生氣了嗎？」

我戰戰兢兢地詢問，ＡＹＡＮＯ並沒有回答我的問題，只是平淡說道：

「你雖然對我這麼說，ＳＨＩＮＴＡＲＯ，其實我都知道喔？你因為腦筋好所以都沒在念書，老是上網看色情網站。昨天也看了吧？」

面對ＡＹＡＮＯ這番超乎想像且大音量的發言，我心臟差點跳出來。

我的腦袋瞬間開始高速處理：「為什麼這傢伙會知道這種事。不可能。我不記得有邀請她到我房間過。基本上，我都會把瀏覽紀錄刪除掉，只要沒有監視錄影機的話……」

這種時候腦內現況處理的高速度到底是從哪裡來的？

至少我的腦袋以前所未見的速度，想出超級優秀的藉口。

接受大腦的指令，我的喉嚨眼看就要將準備好的藉口發射。可以的。完美。

「啥、啥啊？我我、我聽不懂妳在說什麼！我、我根本沒在看那種東西！我對色情什麼的沒興趣！出生到現在從沒看過那種東西！」

然而準備好的台詞幾乎沒有活用，取而代之的是可疑的藉口從口中迸出。

聽到這段連自己都覺得像在騙人的話，我全身不斷冒出冷汗。不出所料，對方回了句：

「哦～～」更是加快了我流汗的速度。

下個瞬間，ＡＹＡＮＯ對我投以輕蔑的眼神，「喀噠」一聲站起來。

然後在我的眼前彎下腰，湊過臉來說：

「騙人，我全部都聽說了！」

斬釘截鐵地說完這句話的ＡＹＡＮＯ，或許也因為距離接近的關係，她烏黑的長髮飄來了必要以上的洗髮精香氣。

我優秀的腦袋不知是否禁不住那個香氣，瞬間被逼到無法運作的狀態。

不不不，就算是這樣，她也不可能會聽說這件事。我應該沒有留下任何瀏覽紀錄才對。這方面我絕不可能失誤，我有絕對的自信。

「妳、妳是聽誰說的！話說妳也靠太近了吧！」

像這樣拚命地大叫，也是因為與ＡＹＡＮＯ的距離太過靠近的關係，若不這樣大叫根本無法面對她。

「要說是誰嘛……」

ＡＹＡＮＯ這麼說道，露出了賊笑，慢慢把臉湊近我的耳旁。

我被一股強烈的洗髮精香味籠罩，整個人僵硬得無法動彈。

不行，我已經完全無法理解這傢伙想做什麼了。束手無策的我只能緊閉雙眼。

ＡＹＡＮＯ像是要趕走這股緊迫感一樣，在我的耳邊小聲說道：

『……您忘記我了嗎？主人。』

「……是ENE啊！」

我睜開眼睛，無論是ENE還是AYANO都不見蹤影。

就連不久前出現在眼前的教室景象，也消失得一乾二淨。

取而代之的是管線外露的天花板、垂掛的燈泡，以及一邊用毛巾擦著頭，一邊低頭看著我的KIDO。

「不是ENE，是KIDO。」

大概是剛洗完澡吧，只見身穿T恤的KIDO身上傳來了洗髮精的香味，露出不高興的表情。

「……喔、喔，抱歉。」

「我不知道你作了什麼夢，不過已經早上了。差不多該起床了。」

KIDO如此說道，並擦著頭髮往玄關方向走去。

在我發呆看著天花板時，玄關那傳來KIDO粗暴的說話聲：「喂，早上了。給我起床。你怎麼會睡在這種地方？」

她突然往玄關的方向走去時，我還心想：「頭髮都沒擦乾，就這樣穿著T恤外出，也太不小心了吧？」原來如此，是這麼回事啊。

「咦？啊，這裡是哪裡？」不出所料，隨即可以聽到KONOHA少根筋的聲音。那傢伙明明原本也是睡在沙發上，到底是怎麼睡的啊？

與這些傢伙扯上關係，已是第三天的早上。

我看一下手錶，快九點了。

平常一睡就會消耗掉十四個小時的我，因為目前在別人家，實在不好意思繼續睡下去。

就在我準備起床，在身體注入力量的瞬間，兩隻大腿傳來一陣鈍痛。我猛然發出「啊……」的一聲，再次倒回沙發。

結果立刻傳來KIDO「幹嘛發出奇怪的聲音……」的驚訝話聲，聽得出來她明顯感到反感，所以我決定當作沒聽到。

想來也是理所當然。經過昨天、前天那樣大肆奔跑，當然對這雙纖細的腿造成了相當大的負擔。

「才那麼點程度……」瞬間對自己的不中用感到絕望，不過現在感嘆這些也無濟於事。

正好可以用來思考一下漫畫之類的當中所說的「使用了超出本身潛能以上的力量後，出現的謎樣代價」。

沒錯，這簡直就是只有主角才會有的興奮設定。真是的，我果然是個散發主角氣質的男人。太棒了。

就在我一如往常，讓腦內充滿動畫與漫畫累積起來的知識時，開始運作的頭腦理所當然地想起了剛才夢到的內容。

ＡＹＡＮＯ。

到目前為止雖然夢過那傢伙好幾次，不過最近幾天次數變得相當頻繁。

應該是這股酷熱造成的吧？還是說，自己自然地抗拒與別人變得親密這件事？

回想起來，ＥＮＥ剛來的時候也是這樣。

那傢伙剛闖入我的生活時，我也是幾乎每天晚上夢見ＡＹＡＮＯ。

這麼說來，有一次夢到ＡＹＡＮＯ時被ＥＮＥ硬是吵醒，我們還為了這件事吵架。

那一次不像平常開玩笑的互罵，我為此認真怒吼，那傢伙也難得破口大罵……不過那時候我們到底說了什麼呢？

當時是深夜又很想睡，大概是因為這樣我才不太記得吧。

不管怎麼說，那天早上醒來後，我突然感到很抱歉，便向ENE道了歉。

我還鮮明地記得，當時ENE擺架子地說著「玩弄處男實在太空虛了，所以原諒你」之類的話。

這種地方才應該忘掉吧……這顆腦袋實在很自虐，連自己也受不了。

就在我想著這些時，突然聽到廚房那邊傳來水流的聲音，接著又聽到打開冰箱的聲音，察覺到那是在準備早餐。

「啊啊，總覺得有點過意不去呢。我來幫忙吧。」

我這麼說並再次撐起身體。我避開在剛才疼痛的部位施力，小心地起身，結果不會痛，看來似乎不是很嚴重的肌肉痠痛。

「嗯？SHINTARO，你會做料理嗎？」

KIDO一邊稀里嘩啦地清洗碗盤一邊如此問道。雖然很想回答「啊啊，那當然」，不過想當然耳我根本沒有做過像樣的料理。

味道簡直像劇藥一樣糟糕，不過MOMO願意嚐試，所以還算有救吧。

我的料理技能就是低到這種地步。

「啊啊，是嗎？那你坐著就好。」

ＫＩＤＯ正言厲色地這麼說道，繼續默默清洗盤子。

對於自己不被需要的這份難過感受，緩緩地開始在心中形成漩渦。

尼特族是一種若沒有持續想著「自己受某人需要」，就會死掉的纖細生物。

幸好這個房子裡，有個在玄關盛大睡回籠覺的男子，我的心情才感到稍微輕鬆一些。

別說是他，就連其他同伴也都還沒起床，所以應該不需要我特地出馬吧。

大概也受到了ＫＩＤＯ那「母性」的影響吧，雖然感到有些抱歉，但還是恭敬不如從命，決定繼續悠閒度過。

早餐吃什麼呢？

心情上我想吃培根蛋或是煎香腸這類普通的早餐。

話說回來，現在算是非常不得了的狀況吧？

和女生在同個屋簷下度過一夜，而且還幫我準備早餐喔？

喂喂喂，來啦。終於來了喔，喂。

……

……不，算了吧。雖然內心希望能那樣想，不過現在果然不是那種情況。

心中的結若不解開，實在沒心情吃早餐。

在這裡的只有我和ＫＩＤＯ。

如果要直接詢問，就是現在。

我站起身，走往廚房。

站在廚房的ＫＩＤＯ模樣和昨天一樣，身上穿著圍裙並把頭髮往後綁成一束，正在為平底鍋點火。

「現在方便嗎？」聽到我如此詢問，ＫＩＤＯ以熟練的動作打蛋到平底鍋裡，背對著我回答：「什麼事，不是叫你坐著嗎？」

雖然我是想坐著，但又不能這麼做。

我一邊注意盡量不要引起不愉快，一邊開口說：

「昨天半夜，我覺得ＫＡＮＯ好像有回來……妳有注意到嗎？」

「KANO？不，我完全沒注意到。」

KIDO一邊回答一邊用筷子把雞蛋攪散。

要做炒蛋啊？——我的注意力差點就這麼被轉移，但還是繼續說下去：

「吶，那傢伙……呃，KANO討厭我嗎？他有沒有跟妳提過類似的事呢？」

沒錯，我一直耿耿於懷昨天深夜與KANO發生的那件事。

突然在半夜出現，假扮成MOMO企圖欺騙我，最後還變成AYANO的模樣不知消失到哪去了。

直到現在我都還在懷疑，或許自己是因為累了而作了場奇怪的夢。

再說我從來不曾提起過，所以KANO不可能知道AYANO的事。而且原本蜷縮在地板上的我，早上起來發現自己睡在沙發上，這一點也非常不具現實感。

然而，即使理解到這些，那仍是個真實到噁心的夢境。

詢問KIDO這種事情並不是一件愉快的事，不過我還是想要某個可以與夢境做區隔的確切證據。

聽到我的詢問，KIDO停下筷子，轉頭看向我。

「那傢伙昨天對你說了什麼嗎？」

ＫＩＤＯ一邊說一邊反手關掉身後爐子的火，拿著筷子雙手環胸。

或許是從我說話的語氣察覺到這並非閒聊，只見ＫＩＤＯ臉上露出了不安的表情。

「不、不是啦，不是這樣的。說不定只是我作了個極具真實感的夢境而已。話說，那傢伙應該不會讀取人心吧？」

「啊啊，ＫＡＮＯ沒有那種能力。而且ＫＡＮＯ好像很喜歡你，我想應該不會看你不順眼才對……」

ＫＩＤＯ垂下視線如此說道，露出有些寂寞的表情。

看她的樣子不像在說謊。

再說，ＫＡＮＯ應該沒有那種連一起住的人都不知道的能力，而且我果然還是不覺得那個吊兒郎當的傢伙會做這種事。

搞了半天，那應該是最近頻繁作夢的夢境之一吧。這麼一想，心中的負擔似乎一口氣減輕了許多。

「那、那傢伙就是那個樣子。那個……他或許有些煩人和令人看不順眼的地方，不過本性還算不錯。希望你不要太討厭他……」

ＫＩＤＯ說完這些話，露出情緒明顯低落的表情，再次垂下視線。

「嘎啊啊！就說不是這樣了！我應該是昨天晚上累過頭所以作了惡夢啦。不管怎麼說，連妹妹都受到照顧，我怎麼可能會討厭呢。」

聽到我這麼說，ＫＩＤＯ表情變得開朗，說著「是、是嗎？那就好」然後露出微笑。

面對圍裙＋炒蛋的香氣＋笑容的組合，我胸口不禁為之揪緊。這就是能夠一拳擊倒處男的女孩魅力。這傢伙不容小看。

「……呃、哎，抱歉打擾妳了。總之，早餐就麻煩妳了，我會幫忙收拾的。」

「喔，包在我身上。我很擅長料理。」

一邊說一邊重新開始料理的ＫＩＤＯ，回眸一笑＋馬尾＋表示自己擅長料理的波狀攻擊，就連菁英處男的我也忍不住為之動搖，好不容易才踩住煞車。

總之，我還是回沙發等待早餐吧。

不過話說回來，果然還是要試著聊看看呢。一個人懷抱的煩惱消除大半後，肚子也開始咕嚕咕嚕響。

在ＫＩＤＯ做好早餐前，只好勉為其難地去關懷一下ＥＮＥ啦。

我難得地想著這些事，回到沙發，只見有個雪白、如綿羊頭目般的蓬鬆物體坐在那裡。

一隻手拿著我的手機，另一隻手則是拚命戳。

「……妳在做什麼，ＭＡＲＩ？」

聽到我這麼一說，ＭＡＲＩ驚訝地轉過頭來。

淡粉紅色的眼睛，以及比一般人雪白的肌膚。穿著輕飄飄荷葉滾邊睡衣的模樣，看起來更像人偶了。

或許是剛睡醒的關係，平常就很蓬鬆的頭髮，現在看起來更加毛躁。

不知ＭＡＲＩ是對我抱持友好態度還是小看我，似乎不再對我抱持警戒心。如果可以，希望是往友好的方向發展。

「ＳＨＩＮＴＡＲＯ……那個藍色的女孩沒出現耶。」

ＭＡＲＩ說著，完全不覺得自己有做錯什麼，再次開始戳手機。

「妳說ＥＮＥ嗎？讓我看看。」

我一邊說一邊從ＭＡＲＩ那裡接過手機，試著按了幾次電源鍵卻毫無反應。

「……啊，這麼說來，從昨天到現在都沒充電。」

回想起來，這支手機昨天整天陪著ＥＮＥ胡鬧，電力一定是被她給用光了，真是可憐。

我沒有帶充電器這種便利的用品來，不過從昨天還有那麼充足的電量來看，應該是前天這個家裡的某個人幫忙充電了吧。

我猜應該是ＭＯＭＯ跟誰借用了充電器吧。

「死、死了嗎……？」

ＭＡＲＩ有點害怕地問了這荒唐的問題，那傢伙不是那種沒電就會死掉的貨色啦。

「不，我想應該不會這樣就死掉。只要充電就會復活了吧。」

「充電？」

「咦？呃，就是如果不插電貯存電力的話就無法動了。」

聽我這麼一說，只見ＭＡＲＩ兩眼閃閃發光，以佩服的表情說：「那孩子吃的東西真是奇怪呢～～」

喂，這個天真無邪的生物是怎麼回事啊。不行，快醒醒啊。

我以不屈的精神努力壓抑，絲毫沒有顯露出蠢蠢欲動的色心，然後開口詢問：

「ＭＡＲＩ，妳知道充電器放在哪裡嗎？ＫＩＤＯ他們平常都會充電吧？」

「嗯～～……啊，你是說那個像繩子的東西嗎？」

ＭＡＲＩ稍微思考一下，然後恍然大悟般地說道。繩子和充電器感覺差很多，不過應該沒錯。

「啊啊，沒錯沒錯。可以幫我拿來嗎？」

「嗯，我知道了！」

ＭＡＲＩ邊說邊站起來，發出噠噠噠的腳步聲往沙發後方的櫃子方向走去。

櫃子上雜亂擺放著老舊書本、可疑的陶器和復古玩具等等，這到底是根據誰的品味蒐集而成的啊？

依據我擅自的想像，總覺得是ＫＩＤＯ，又覺得ＫＡＮＯ或許意外對這種事很積極。

這個可疑至極的櫃子看起來有點危險地搖搖晃晃，ＭＡＲＩ一邊哼唱著「繩子～～繩子～～」，一邊胡亂翻找抽屜。這個讓人想保護的生物到底是怎麼回事啊？

可愛又純真。簡直就是完全符合這形容詞的女生。

與發出轔轔聲有如重型戰車的妹妹相比，竟如此有女孩子氣。

……不，不行。我也處男過頭了吧。到底有完沒完？

因為太少與女生交流，竟變成這種因為一點小事就亂了陣腳的男人。

身為菁英處男，這個現象非常不好。

必須恢復賢者的心。

話說回來，ＭＡＲＩ似乎陷入了苦戰。剛才還很有精神地哼唱著繩子之歌，現在卻突然開始唸唸有詞。

「喂～如果找不到，不用勉強也沒關係喔。那傢伙復活之後會很吵，還不如這樣比較好……」

話才說完，ＭＡＲＩ立刻轉過來露出不悅的表情。

「說這種話，那女孩太可憐了！」

被ＭＡＲＩ這麼一說，我沒出息地嚇得肩膀一震。面對這麼嬌小的女生都感到害怕，連我都受不了自己的膽小。

不過，最初邂逅ＭＡＲＩ時她也是一副戰戰兢兢的，才相隔一天就變得敢大聲說話了。應該是對我稍微敞開心胸了吧。這麼一想，老實說感覺並不壞。

「一個人很寂寞的。那孩子一定也是這樣。」

ＭＡＲＩ鼓起臉頰，然後再度開始翻箱倒櫃。

這樣來看，ＭＡＲＩ似乎也相當喜歡ＥＮＥ。平常那傢伙的確令人不爽，不過關於這一點，同樣感覺不差。

話說回來，看到ＥＮＥ卻不感到驚訝，這件事本身就相當奇特。

若是一般人，應該會好奇地問「這孩子是怎麼運作的？」「開發者是誰？」之類的吧。

就算是我，如果ＥＮＥ突然出現在眼前，我有自信也會那樣問。

不過對這群「本身更加不可思議的人」來說，或許覺得不需要刻意提起那種事，令人感到十分親切。

稍微這麼想之後，就覺得現況著實讓人相當感謝。

「太好了呢，ＥＮＥ。」

我小聲說道，用手指撫摸著沒電的手機。

雖然連她是從哪裡來的都不知道，但我似乎在不知不覺中對ＥＮＥ有了感情。

在過去獨自一人的那個房間裡，多虧這傢伙的出現，或許我因此得到了很大的救贖也說不定。

像這樣與這些人相遇，並和他們混熟，就某種意義來說，也是多虧了這傢伙。

「ＳＨＩＮＴＡＲＯ，找到了！充電器！等我一下喔，它在很裡面的地方……」

我抬起頭，只見ＭＡＲＩ把手伸進櫃子的深處，正想拉出找到的充電器。

排列其中的收藏品因為櫃子的晃動發出喀噠喀噠的聲響。

「喂、喂，ＭＡＲＩ，小心一點。慢慢來就好。」

「嗯。沒問題沒問題……喲咻。」

ＭＡＲＩ邊說邊把手抽出來，手上握著充電器的電線。

原本還擔心要是拿出來的真的是一條平凡無奇的繩子該怎麼辦，不過看樣子ＭＡＲＩ說的繩子完全正確。

「喔喔！沒錯，就是那個。謝謝。」

聽到我這麼說，ＭＡＲＩ「嘿嘿」一聲，露出不好意思的表情。

嗯，真可愛。

ＭＡＲＩ抓著那個噠噠噠地跑回來的同時，ＫＩＤＯ剛好也從廚房端著裝有早餐的盤子出現。

「早餐煮好了～……嗯，喔喔，ＭＡＲＩ起來啦？不用人叫就自己起床，很了不起喔。」

「嗯！啊，ＳＨＩＮＴＡＲＯ剛才也稱讚我喔。因為找到充電器！」

ＭＡＲＩ一邊說一邊開心地舉起充電器，這時被沙發擋住而看不到的插座前端部分露了出來，有什麼帶狀物體糾纏在一塊。

一開始還搞不懂那到底是什麼，察覺到那個東西真面目的瞬間，不由得大吃一驚。

與此同時，KIDO發出「噫！」的一聲尖叫，在我還看著MARI的瞬間迅速消失。

「咦，這是什麼？纏住了。」

MARI一邊說一邊拿起纏在充電器前端的帶子，目不轉睛地盯著瞧。

「喂、喂，那是蛇脫下來的皮吧？為什麼會有那種東西啊？」

「咦？問我為什麼……為什麼呢？應該是KANO從哪裡帶回來的吧……呃，哇啊！KIDO，妳怎麼了？為什麼在哭？」

MARI這麼說道，然後突然對著什麼都沒有的地方開始說話。原來如此，MARI看得到KIDO嗎？

KIDO的「隱藏目光」，能夠任意使周遭對自己的認識變得薄弱，是項便利的能力。

不過似乎附帶著消失的瞬間對象的視線必須離開自己的條件，沒有將視線從KIDO身上移開的MARI，似乎還是一樣看得見KIDO。

「對、對不起喔，KIDO，妳還好嗎……？是不是肚子痛？」

MARI若無其事地握著蛇皮，關心KIDO的情況。

雖然還是無法看到ＫＩＤＯ的模樣，不過可以很容易地想像大致上是什麼狀況。

「ＭＡ、ＭＡＲＩ，ＫＩＤＯ應該是討厭那張蛇皮吧？」

「這個？嗯～ＫＩＤＯ，是這樣嗎？……原來如此，知道了，我去把它收起來。」

ＭＡＲＩ說著並再次噠噠噠地跑回櫃子，把蛇皮藏在比較大的電動三輪車模型後面。

恐怕是ＫＩＤＯ叫她這麼做的吧。ＭＡＲＩ似乎搞不懂是怎麼回事，喃喃說著：「真奇怪。」

「喂，ＫＩＤＯ，沒事吧？」

我試著對什麼都沒有的空間出聲詢問，不過沒有回應。大概是不想被我看到眼眶含淚發抖的模樣吧。

不出所料，把蛇皮放好回到這裡的ＭＡＲＩ說了聲：「她說再等一下。」將ＫＩＤＯ的回答翻譯給我。

昨天在鬼屋時也是這樣，ＫＩＤＯ膽小的程度讓人不禁想問「為什麼這傢伙是團長？」

雖然在膽小方面我也相當有自信，不過ＫＩＤＯ膽小的等級恐怕比我更高階。

沒辦法，我只好先從ＭＡＲＩ那接過充電器，一邊幫手機充電一邊等待ＫＩＤＯ歸隊。

我和ＭＡＲＩ一起坐著等待，過了幾分鐘，ＫＩＤＯ突然從什麼都沒有的空間現身。

她的眼睛變得有點紅，但那應該不是能力的關係。

「讓、讓你們久等了。好了，吃早餐吧。」

如此說道的ＫＩＤＯ，她臉上的僵硬笑容散發出種種為時已晚的氛圍，但太過在意這些的話她未免也太可憐了，所以我只回了一句「說得也是」。

之後ＫＩＤＯ來回幾次把食物端出廚房，桌上轉眼間就堆滿了早餐菜單會有的食物。

放在桌上的有炒蛋、鹽烤鮭魚、烤海苔片以及納豆等等，簡直要展現「這才是早餐」的早餐全餐。

「近乎神聖的平民早餐呢……」

「嗯？我們差不多每天都是這樣。」

ＫＩＤＯ一邊從放置在桌邊的飯鍋裡盛飯，一邊回答。

那些成員每天都在這麼有氣氛的基地中央，吃著如此平民化的早餐嗎？

我忍不住想像了一下，那畫面實在相當詭異。

如果是西式早餐也就算了，就在我這麼想時，ＫＩＤＯ特製味噌湯的香氣像是要吹走那小小的疑問一樣，誘發我的食欲。

我有股衝動想立刻把味噌湯吞進胃裡，但突然間，我注意到碗筷的數量只準備了四份。剛好就是目前在這個房間裡的四人份。沒有尚未出現在客廳的SETO、MOMO、HIBIYA的份。

「咦？吶，不叫他們起床沒關係嗎？再怎麼說，因為睡過頭就沒早餐也太可憐了……」

「啊啊，MOMO他們嗎？他們好像已經出門了。」

KIDO邊說邊把碗放下，從口袋裡拿出折成兩半的紙，說著：「你看。」並交給我。

到底是怎麼回事？我這麼心想並打開那張紙，只見上面潦草地寫著像是從哪裡的壁畫挖掘出來的象形文字。

一瞬間我還以為「這是暗號？」不過在最底下發現勉強看懂的「MOMO」簽名後，這才發現原來這個恐怖訊息是出自妹妹之手。

「那傢伙的字真醜……」

我忍不住說出這句話。

像是表示附和一樣，KIDO也在一旁搭腔說：「這種程度確實很糟……只能解釋成是藝術了。」

察覺是MOMO的字跡後，訊息意外地容易解讀。

大致的內容是：「我和HIBIYA去找名叫『HIYORI』的女生。有事會再聯絡，會在晚餐前回來。」

「HIYORI就是HIBIYA說的那個女孩子嗎？話說回來，雖是要找人，但他們還真是早出門啊……」

「因為他們昨天很早就睡了。而且看護HIBIYA的SETO也出門了，MOMO可能是無法放他一個人吧。」

如此說道的KIDO猛然站起身，快步往玄關走去。大概是要想辦法把還在貪睡的那傢伙叫醒吧。

「喂，你要睡到什麼時候？起來了。」

「嗯……嗯，沒問題……」

KONOHA拖拖拉拉又散漫的回話方式，完全就是那種早上起不來的傢伙。比起不勉強自己起床的傢伙，不起床卻無意識地做出回答的傢伙，普遍被認為性質更加惡劣。

看來會有點麻煩，我看向玄關的方向，結果一反我的預期，KIDO一句：「吃飯了。」就讓KONOHA立刻站起來。

「早安。」

「啊啊，早安。好了，坐下來。吃飯了。」

KIDO和KONOHA邊說邊走回來。KIDO和MARI並肩而坐，KONOHA則是在我旁邊坐下。

「SETO也不在啊。」

「他好像去打工了，有傳簡訊給我。」

「也就是說，全員都到齊了吧？」

「啊啊，就是這樣。」

打從剛才就一直咕嚕叫個不停的胃，也到了忍耐的極限。我拿起筷子，雙手合十。

「開動了！」

四個人同時說出這句話，便把各自想吃的料理送進口中。當中KONOHA明明才剛睡醒，卻以驚人的氣勢狼吞虎嚥。

話說回來，雖然只是些魚、雞蛋、味噌湯等簡單料理，卻不會讓人感到無聊，可見KIDO的廚藝了得。

就連這淡淡的調味，要說像KIDO的風格也的確很像。

「我可以再來一碗嗎？」

ＫＯＮＯＨＡ這麼說，迅速將碗遞向ＫＩＤＯ。碗中已連一粒米都不剩。

看著早餐開始不到一分鐘所發生的事，我不禁懷疑自己的眼睛。這傢伙到底有著什麼樣的消化器官啊。

「喔，當然可以。盡量吃。」

ＫＩＤＯ似乎很高興地接過碗，在碗裡添入幾乎是剛才飯量兩倍的大份量。

ＫＩＤＯ把碗遞給ＫＯＮＯＨＡ，露出彷彿在說「怎麼樣，受不了吧？」的表情，充滿自信地笑了。

看到裝得滿滿的碗，就連平常面無表情的ＫＯＮＯＨＡ，也露出了一臉恍惚的表情。若是有技巧地加以剪接，這簡直像是少女漫畫中會出現的一幕。

哎，雖然有些吵鬧，但像這樣一群人一起吃早餐感覺並不壞。

或許也受到健康早餐的影響，今天早上讓人感覺相當舒暢。

就在我一邊想著這些一邊啜飲味噌湯時，突然注意到ＭＡＲＩ打算剝開鮭魚皮。

那的確是一般人不會吃的地方……啊，ＭＯＭＯ會把它大口吞進肚子。既然這樣，那就是一般人不會食用的部位。

話說回來，ＭＡＲＩ剝皮的動作非常小心。

因為她剝得非常戰戰兢兢，我好奇著她到底想做什麼而在一旁觀望，結果ＭＡＲＩ終於把魚皮漂亮地弄下來，然後一臉滿足地用筷子將魚皮夾到我面前說：

「ＳＨＩＮＴＡＲＯ，你看你看，好像剛才的蛇皮喔。」

聽到ＭＡＲＩ突如其來的發言，原本在一旁咀嚼米飯的ＫＩＤＯ，發出了「嗚……」的悲慘呻吟。

雖然ＫＩＤＯ剛剛才遭遇了那種慘事，但如果只是魚皮的話看來還是有辦法忍耐，而ＭＡＲＩ似乎沒有半點惡意。

「喂、喂，ＭＡＲＩ。吃飯時不要講這種話……」

該怎麼說才好呢，總之我決定用溫柔的語氣提醒她別這麼做，只見ＫＩＤＯ在一旁「嗯、嗯！」用力點頭。

「唔～明明剝得這麼漂亮。」

語畢，ＭＡＲＩ把鮭魚皮放回盤子，然後放下筷子，情緒低落地垂下頭。

可是，剛剛ＫＩＤＯ明明散發出光是看見爬蟲類就快昏倒的氣氛，這孩子在這方面的神經似乎有點大條。

即便有點孩子氣，不過女孩子應該都不太擅長……不，記得MOMO好像說過：「我可以養變色龍嗎？」那麼，一般的女生都不太擅長吧。

「MARI完全不怕那種東西呢。明明是女生。」

聽到我這麼說，KIDO一邊攪拌納豆一邊低聲說道：「嗯，也是啦。」

「畢竟MARI來到這裡以前，好像一個人獨自在山中生活。對蛇大驚小怪也不能怎麼樣吧？」

KIDO以「這沒什麼大不了」的模樣開口說道，但我還是忍不住加以吐嘈：

「MARI一個人住山上？這又是為什麼？基本上，父母親之類的……」

我話說到一半，MARI的肩膀猛然一震，放於膝蓋上的拳頭緊緊握住。

這是不可以多問的事嗎？我不小心脫口說出了輕率的話語。

後悔的漩渦開始在心中打轉，在我想要道歉的瞬間，MARI開口慢慢說道：

「我小時候爸爸就死了，之後和媽媽相依為命。可是我違背媽媽的交代跑到外面，那裡有著可怕的人們，他們不知把媽媽帶到哪裡去了。」

「那、那是怎麼回事……？」

「呃，爸爸雖然不是，不過我和媽媽一生下來眼睛就是紅的。媽媽說『我們是從繪本裡走出來的梅杜莎喔』，還說『外面的人害怕和他們不一樣的我們』，所以才叫我不可以出去外面，可是我……」

ＭＡＲＩ的話讓屋內瞬間安靜下來。就連方才以驚人氣勢吃飯的ＫＯＮＯＨＡ也停下筷子，專心聽ＭＡＲＩ說話。

所謂的一個人生活，就是那麼回事嗎？

聽完這些話，我想ＭＡＲＩ的家人恐怕遭受到周遭人們的迫害。

而且說不定是真的被他人稱為「梅杜莎」。

實際上，根據從ＫＩＤＯ那裡聽到的，ＭＡＲＩ具備著「能夠使眼神對上的人瞬間停止動作」的能力。

那終究不是普通人類具備的能力，倘若被一般民眾知道，也不難理解他們會感到害怕的心情。

「ＭＡＲＩ……這是妳第一次把身世交代得這麼清楚。」

說出這句話的是ＫＩＤＯ。

聽完ＭＡＲＩ的話而感到驚訝的，似乎不只有我一個。

「唔、嗯。或許是因為朋友增加而感到安心吧。總覺得現在說出來，好像也沒有那麼可怕。」

ＭＡＲＩ如此說道，露出一抹虛幻的笑容。

對了，之前聽說過ＭＡＲＩ來這裡的日子還很短，照這樣來看她應該很少提起自身發生的事。

「是嗎？話說回來，妳的母親應該沒有……報失蹤人口吧。可惡……」

ＫＩＤＯ說完這句話，臉上露出憤怒的表情。ＫＩＤＯ心裡大概和我想著同樣一件事。

沒錯，聽到「紅色眼睛」，就表示ＭＡＲＩ的母親一定也具備了某種能力。

過去ＭＡＲＩ外出時曾經被抓，而ＭＡＲＩ現在在這裡，就表示ＭＡＲＩ的母親保護她不受外面人類的摧殘。也就是說，想成「ＭＡＲＩ的母親成了替罪羔羊」會比較妥當。

根據這段令人不安的話語，如果ＭＡＲＩ是說「被殺害」則另當別論，但從「被帶走」這句話來看，可以理解那並不是單純的防衛行為。

奇異的事物有時會刺激人們的好奇心。

這只是我個人的胡亂猜測，ＭＡＲＩ的母親可能正是那「奇異的事物」，而打算從中獲得利益的人們或許將她給帶走了。

一想到這裡，心中湧起一陣厭惡感。

再怎麼說，ＭＡＲＩ的家人是為了守護自己的幸福，過著只有單獨兩人的生活。

然而人們別說是沒有伸出援手了，甚至進一步做出拆散這對母女這種不可原諒的事。

「為什麼會做出那麼過分的事……」

脫口而出的話語，正是此時此刻最直接的心情。

不管我怎麼想都無法理解。ＭＡＲＩ來到這裡之前，無法對任何人撒嬌，只能一個人獨自生活。

剛才ＭＡＲＩ想著ＥＮＥ說出的「一個人很寂寞」這句話，當中究竟隱含了多少意義？

無處發洩的情緒揪緊著心頭。

試著在腦中思考「希望至少有什麼是我能做的」，最後卻只是幾乎被自己的無能為力給壓垮。

「ＭＡＲＩ還記得帶走妳母親那些人的長相嗎？任何一項特徵都好。」

「……我想不太起來了。因為是很久以前的事，而且那時候我也被揍到暈過去，所以沒看清楚長相。醒來後，媽媽和那些人都已經不見了……」

ＭＡＲＩ露出有些困擾又像是感到抱歉的表情說道。遭到暴力對待，而且還是幼年期的事，不記得也是沒辦法的。

「這樣啊……也不知道是大約幾年前的事嗎？」

「唔……我數了一百次以上的夏天，所以我想大概是一百年前左右的事。之後我忘記數，所以說不定是更久以前的事……」

MARI似乎努力地回想著，發出「嗯嗯」的聲音回答道。

是嗎？如果是一百年前的事，要回想起來果然很困難。若是幾年前的事……

「「一百年？」」

KIDO和我異口同聲地說出這句話。

一百年？

不，那是不可能的。

聽到眼前的少女說出「我一百歲了」，一百人當中應該會有一百人笑著說「妳真可愛呢」吧。

面對我和KIDO一致的吐嘈，MARI縮起身子大喊：「噫噫噫！對不起！」

「開、開玩笑的吧？再怎麼說，一百年都太誇張了……妳的外表看起來也沒那麼老……」

「是、是真的啦！我有好好數！啊，不過我問媽媽幾歲時，媽媽罵了我說：『不要提年紀的事！』所以我也沒有去數過自己幾歲，不太知道……」

MARI一臉憤慨地說道，可是這不是簡單說聲「知道了，我相信妳」就能解決的事。

但會無法簡單地否定，或許就是因為身處在眼前就有個透明人這樣奇妙的狀況下吧。

連KIDO本人也說著「不，那種能力或許不無可能……」而抱頭苦惱。

活超過一百年的能力。MARI的能力是「不老不死」嗎？

不，果然還是太離譜了。

怎麼可能有那種能力……

腦袋突然閃過昨天KIDO提到她取得能力時的事。

KANO、SETO、MOMO都是在「體驗瀕死」後能力覺醒。

從昨天HIBIYA的樣子來看，我想將他判斷為同樣的情況應該不會有錯。

不過，只有MARI說自己一生下來就具有能力。和其他人的能力出現方式明顯不同。

「MARI，妳從出生時就具有那項能力了嗎？」

「咦？嗯，是啊。不過從小媽媽就一直告訴我『不可以使用能力喔』。」

果然，這實在是不可解的事。

經過昨天的對話，本來已經大致歸納出能力出現的方式，唯有MARI的情況特殊過頭，使整個腦袋都打結了。

也就是說，MARI沒有去到「那個世界」，一開始就擁有能力。

然後母親也是能力者。

以及「活了一百年的梅杜莎」……

雖然是毫無道理的奇幻內容，不過這個世界上多少存在著幾件不可思議的事。

對我來說，包含發生在KIDO等人身上的事件，我實在無法不將這些不可解的現象，全都視為某個超越一百年以上的「同一事件」。

假設真是這樣，那麼只要解開MARI的事件，或許就能往正確解答邁進一大步。

然而，即便想尋找MARI的母親，但要向警察提出「要找這孩子一百年前失蹤的母親」，應該只會白走一趟冤枉路。

但是只憑MARI的記憶，實在存在太多曖昧的部分了。該怎麼辦……

「那個……我在想……」

就在我們各自陷入苦惱之時，KONOHA突然輕輕舉起手。

「喔、喔，什麼？」

聽到意外的人物提出發言，KIDO露出有些驚訝的表情。

KONOHA的臉上還是一樣無法讀出情感，慢慢說出提意：

「或許不是什麼重要的事，不過我們不能去一趟她家看看嗎？」

「咦？」

我和KIDO露出了愣住的表情。

「啊，所以說，不能去她家看看嗎？啊，我說的家不是指這裡，而是她之前住的地方，呃……」

「「就是它！」」

KIDO和我再次異口同聲地說出這句話，打斷了像是抓不到重點、開始露出狼狽模樣的KONOHA。

仔細想想，確實是這樣。

既然MARI的母親會說她們是「梅杜莎」，那麼，她對能力方面應該具有某種程度的認識。

先不管會不會找到什麼答案，至少在MARI的家中或許存在一些和能力相關的情報。

「看來很值得去看看。SHINTARO，你認為呢？」

「倒不如說讓人覺得只有這個辦法呢。說不定會有這一連串現象的解答。」

聽到我這麼說，KONOHA突然喘氣說道：「那、那樣的話說不定會有辦法拯救HIYORI？」

「雖然不能一概而論……不過說不定能找到些提示。」

聽到我的話，KONOHA明顯露出了認真的表情。

這麼說來，這傢伙昨天被HIBIYA狠狠說了一頓。

HIBIYA說他救不了HIYORI，這傢伙雖然沒有表現在臉上，不過說不定感受相當強烈。

「如果要去，那就出門吧。MARI，可以讓我們去看一下妳家嗎？」

KIDO起身如此說道。

MARI露出微笑開口說：「如果是大家的話完全沒關係喔。」

「好，既然決定了那就來收拾吧。全都讓KIDO做也很不好意思，我來……」

一邊說一邊站起身的我，徹底忘記雙腿肌肉痠痛的事。

為了不讓竄過的鈍痛更加惡化，我起身到一半便停住不動。

KIDO大概是發現到這件事，只見她露出賊笑說：「那麼我去準備一下，拜託你了，SHINTARO。」然後回到自己的房間。

等一下。

雖然順勢發展成這個狀況，我卻遺漏了一件很重要的事。

心中的那一抹不安，立刻展露出其姿態，轉變為可怕的事實。

「那、那個，MARI，話說妳家是在哪裡啊……？」

我戰戰兢兢地詢問MARI，結果MARI很開心地回答：「在離這裡有點遠的森林中！從車站開始走，大約要走兩小時吧？」

聽到這句話，我的雙腳立刻崩潰跪倒在地上。

兩小時？

不不不，太勉強了吧。我原本就沒什麼體力了，一連幾天下來到底要走多少路才行啊。

取消。

沒錯，取消吧。

現在馬上對KIDO說……

「今天也要出門呢！請多指教，SHINTARO。啊，那孩子也會一道去吧，真令人期待！」

MARI一邊說一邊露出滿臉笑容。

面對這抹笑容，這個世界上應該沒有人會事到如今才說要取消吧。

「喔、喔，好期待喔……」

帶著抽搐表情說出這句話的我，一屁股坐到沙發上。

聽到ＭＡＲＩ的話才想到，對了，手機正在充電。

我把手機從放在沙發旁的充電器上拔開，充電格數顯示已接近滿格。不過，開機後我突然感到有些異樣感。

「……咦？」

畫面中沒看到ＥＮＥ。

我試著搖晃手機並發出「喂～」的呼叫聲音，她還是沒有出現。

大概是跑去ＭＯＭＯ的手機玩了吧。

以前跟整個電腦一起摔到地上都沒事的傢伙，不可能會因為這樣就消失。

我做出如此解釋，將手機收進口袋。

我呼出一口氣，望了一眼眼前的桌子。

總之先把這些收拾乾淨，接下來的遠足才是今天主餐嗎？前途令人擔憂，但在這說廢話也無濟於事。

不過話說回來，這幾天的發展，彷彿是為了將我導正為正派人士的課程計畫。

不，說不定真的是受到某人的指使。

某個擁有能夠操控他人命運能力的人……

就在我這樣思考時，嘴角忍不住上揚。

真是不可思議的狀況。

若不是親身體驗，自己也會覺得「哪有這麼不合情理的事啊？」然後用鼻子嘲笑吧。

不過，想要解開這個狀況而悄悄燃燒著熱情的我，現在就在這裡。

為了某個人。

那種事，肯定無法做為什麼贖罪吧。

不過如果現在有我能做的事，都應該試著跨出腳步試試看不是嗎？

我一邊想著這些，一邊開始收拾大家吃得乾乾淨淨的碗盤。

「我不是說若是不讓我進去就叫那個男人出來嗎？」

在磚塊打造的老舊正門周遭，或許是在看熱鬧吧，人們慢慢地開始聚集。

人群聚集時會出現喧囂及粗野氣氛。我還是最討厭這種氛圍了。

幾名應該是傭人的人，從深處的莊嚴宅邸的窗戶往下看過來。

「不，所以說啊，這位小姐，妳突然說出那種話，我總不能說：『啊，是這樣啊？』就算了呀。」

眼前站著一名只有外表還算像樣的窮酸男子，他正以明顯小看我的態度露出微微的陰險笑容。

「那麼我該怎麼辦？聽好了，我可是因為那傢伙吃盡了苦頭耶。因為他說非常清楚我的事，我才不出聲乖乖照他的意思做，結果他竟把我交給來路不明的傢伙，讓他們對我為所欲為，而且還被迫吞下鉛球。」

這傢伙到底是怎樣啊？

面對這種曖昧不明的態度，著實令人煩躁。

基本上，為了回到這裡，我可是花上好幾個禮拜走在原本是搭馬車過來的路上，為什麼我必須受到這種待遇啊。

「啊哈哈！小姐……如果妳真的吞了鉛球，那就更不可能會出現在這裡了吧。」

「啊？你在說什麼？我現在就在這裡啊。」

聽到我的話，窮酸男子先是頓了一拍，然後捧腹大笑。像是受他的情緒感染，聚集在周圍的人群當中也傳來了竊笑聲。

我心中的煩躁火焰開始熊熊燃燒起來。

這種生物為什麼盡是一些會惹我生氣的傢伙。

雖然考慮過乾脆早早離開這裡，不過這麼一來先前的努力就全都白費了。

無論如何，若是不趕緊從那個胖男人那裡問到「關於我的事」，實在難消心頭怒氣。

「喂，要是你再繼續這樣，我就要自己進去了。話說回來你是怎麼回事啊，我並不想跟你說話……」

就在我大發雷霆，打算除掉這傢伙闖進宅邸時，我發現那個男人正從那棟宅邸的二樓窗戶偷看。

看來他似乎對於我的歸來感到相當害怕。

從窗戶窺探到的表情來看，他臉上清清楚楚地呈現出恐懼之色。

對於明明察覺到我，卻仍從高處採取觀望態度的那個男人，我的憤怒終於達到沸點。

「那個男人……！」

我以驚人氣勢將手伸向正門鐵欄柵，此時窮酸男破口大罵道：「住手！給我適可而止，否則饒不了妳！」

「……你以為『饒不了』這句話是由你來說的嗎？」

我的怒氣早已抵達頂點。

眼前的窮酸男子所說出口的話，根本完全無法抑制我的怒氣。

不過，這個男人似乎完全不打算親自來制止我。

幾個手持鐵劍的人，迅速地從多到淹沒正門通道的人潮當中出現。

「我本來不想這麼做的，但是小姐妳實在太不聽話，事情才會演變成這樣。好了，放棄吧……噫……」

原來如此，是這麼回事啊。真的早已腐敗至極了。

剎那間，瞪著男人的我的雙眼，伴隨著鼓動開始發熱。

那傢伙與我的眼神對上，他的眼球顫動了幾秒後突然停住，隨後連身體也戛然而止。

我接著轉向面對群眾。

只見每個人臉上都露出驚訝不已的表情，彷彿無法理解自身所處的狀況。

「喂，妳對那個男人做了什麼？」

一名男子如此問道，舉起了攜帶的刀劍，逐步向我靠近。

『劍。』

那是人類為了殺死其他生物所製作的器具。

持劍者揮舞刀劍，被砍中者皮開肉綻，骨碎筋斷。

沒錯，自從我離開了那個地方後，如同字面所述，我有著切身之痛的了解。

我也已經大致理解到，這個世界已成為這群傢伙的巨大住所，以及這群傢伙是多麼愚蠢的生物。

「若不回答就視為反抗，加以整飭！」

啊啊，真受不了。為什麼到現在我還對這群人抱有「什麼」期待呢？

我閉上眼睛，讓黑暗充斥整個視野。

不知道多久沒使用這個了。

我記得在某個教會被迫假扮成「神」的那時候，應該就是最後一次了。結果那次我最後也是什麼都沒得到。

不，不應該這麼說。

一直以來，我總是會從這群人身上得到「輕蔑」和「失望」。

儘管如此，這次我還是忍不住懷抱著無意義的希望。

我睜開眼睛，看到男人在眼前揮劍的姿態。

是打算奪走我的性命吧。每一個人都是這副德性。

「『奪取』目光。」

在我低聲說出這句話的瞬間，男人突然停止動作。

與此同時，來自男人身後群眾的所有嘈雜聲也全部消失了。

這是理所當然的。因為在場的所有人都與我的眼神「對上」了。

在眼前排開的是臉上全都轉為恐懼表情的人們。大概是沒想到會變成這樣吧。可悲，愚蠢，沒救了。

揮劍男人的想法突然流入腦中。

『這傢伙是什麼東西……』

啊啊，到現在我還是無法駕馭這個「竊取」，真是麻煩。

不管怎麼說，越是窺探人類的想法就越讓人極度不愉快。

假如我能巧妙窺視所有人的腦袋，應該會很方便。

因為這樣我就能輕易得知那個人有沒有說謊。

不過，這群人的腦袋裡面裝的盡是一些亂七八糟的膚淺想法。

所以「只讀取想知道的事」終究是不可能的。

那就像是要在廣大的廚餘堆當中，尋找一顆小石子的行為。

面對全身無法動彈的男子，我出聲詢問：「你們叫我怪物對吧？」但對方並沒有回應。

一片寂靜。

每當事情結束後，造訪而來的總是這份靜寂。

好冷、好冷，就像那段時光的寂靜一樣。我很討厭這份寂靜。

我將目光轉向宅邸，原本眺望窗外的肥胖男人已消失無蹤。

大概從什麼地方溜走了吧。

只要追過去威脅他，他或許會吐露一些事情，但我現在已經沒有那種心情了。

我要持續這種事到什麼時候呢？

就像是明知道前方是無止盡的黑暗，不可能有光芒存在，仍是默默繼續前進一樣。

沒錯，我早就已經知道了。明明早已知道仍是繼續前進。

『這個世界上不存在知道我是什麼的人。』

然而，每當我這麼想，眼淚就會從眼睛裡流出。

然後腦袋逐漸被「我討厭那樣」的不理性字眼吞沒。

所以，我只能前進。

因為若不那麼做，就覺得自己會被思考壓垮，甚至消失不見。

但是我不會有結束。

我已歷經過無數次死亡的經驗，但從未抵達終點。

在眼前僵硬不動的男子，已經不再思考任何事。

只是安靜地存在那裡。

還不如變成那樣，或許還比較輕鬆。

什麼也不用思考，只是持續地存在。

回過神來，才發現淚水不停從眼睛流下。

沒辦法止住眼淚，甚至無法順暢呼吸。

「嗚……啊啊、啊……！」

如果我的創造者存在的話，拜託快點出現！

然後，讓我就此結束。

我一邊祈禱著這些事，一邊不停流淚，直到太陽下山為止。

*

夏季的風吹動樹木，小鳥的鳴叫聲在新綠間迴盪。

因為昨晚下雨的關係，道路呈現濕滑難行的淒慘狀態。

只要踏出一步，腳就會陷入泥濘中。我只能不斷重複這個動作，很難按照所想的前進。

生長茂盛的樹木，阻擋了大部分的強烈日照，不過纏繞於身上的熱氣仍可笑地奪走我的體力。

沒錯，像這樣取得身體，與各式各樣的生物邂逅之後，我察覺到一件事，就是我壓倒性地缺乏「身體能力」。

稍微走幾步路就冒出汗水，只要爬坡身體的關節就會發出慘叫。

就連現在我也是全身不斷冒出汗水，雙腿彷彿快要斷掉一樣。

不過我總算是來到這裡了。移動兩腿前進實在太過痛苦，打從剛才開始我的雙眼就不斷淌出淚水。

不，痛苦就是痛苦。只要感到痛苦就會流出眼淚，這也是沒辦法的事。

「應該不遠了……」

從剛剛便一直在使用的「奪取」，或許也是嚴重消耗體力的原因之一。

不過既然這是項指標，就無法解除它。

至少看來確實有向目標邁進，周遭生物的氣息逐漸變得薄弱。

「奪取」是項方便的能力。

能夠清楚知道什麼人正在注視著哪裡，也能將其目光強制轉向自己。

也就是說，只要善用這項能力，就能反過來知道「最不受人注目的地方」。連我自己都覺得這實在是很聰明的用法。

沒錯，在最後一次遭到人類背叛的那天，我決定到一個不會被任何人發現的地方，獨自安靜生活。

雖然最初考慮過洞窟裡面，但老實說，我已經厭惡黑暗了。

我也仔細研究過有沒有其他更好的地方，後來察覺到安靜的地方大多都很暗，我感到非常憤慨。

我已經受夠暗處，不想再窩在那裡了。

然而，我也明白，在持續遭受人類蹂躪的這個世界，想在明亮地方過著完全的孤獨生活，幾乎是不可能的事。

而在經過種種考量後最終得出的想法，就是現在這個。

使用「凝聚」找到在這個世界上最不受人注目的地方。

出乎意料地，那是在相當明亮的森林當中。

老實說，來這裡之前我也半信半疑，不過確實越是深入，生物的氣息就越淡薄。

彷彿只有那裡空了一個洞一樣，沒有任何人注意到那裡，真是不可思議。

雖然尚未抵達，不過光是那項事實逐漸變得明確，就讓我的心中充滿了喜悅。

為了隱瞞，我特地為了渡海而搭船，結果搭到一半引起騷動被丟出船外，最後一邊哭一邊設法游到這裡。

途中不知道溺水了幾次。費盡千辛萬苦來到這裡，要是發現這裡到處都人山人海，就算是我也會放火燒了這片森林吧。

我持續前進，就在前方無路可走，而且連鳥鳴聲也逐漸聽不見時，視野的前方看到了稍微開闊的場所。

到底是什麼樣的地方呢？

我自然而然加快腳步前進，踏入的那個空間所具有的氛圍，令我忍不住呼出一口氣。

那是個彷彿被世上所有人遺忘一樣，只是持續存在的空間。

有意識的生物全都避開這裡，沒有任何人注意到。

「簡直太完美了……！」

我感受到心臟已許久未曾這樣激烈鼓動。這裡比想像中的還更安靜、明亮、舒服。

大小大約是一間屋子的範圍吧。就連這小而舒適的感覺，也令人越發中意。

我撥開短而茂密的雜草，站在空地中央。與無機質的寂靜不同，令人舒服的寧靜充斥在耳中。

「決定了。從今天起這裡就是我的容身之地。」

仔細想想，自從有了這個身體以來，我從來沒有定居於某處過。

哎，畢竟一直毫無目的地四處流浪，要說理所當然的確是理所當然。

不過一旦這麼決定後，就想要一個住所。為了長久定居此地，即便我的要求不高，但希望至少能有個屋頂。

畢竟被雨淋濕，全身會冷得打顫。我很不擅長應付那個。

「屋頂啊。房屋……感覺無法靠我自己一個人做，但是只有屋頂也……」

這時剛好發現這空地中央有個可以坐的石頭，我在那裡坐下，開始動腦思考該怎麼辦。

因為是一個人生活，所以不需要太過大型的家具，但是必須要有能遮蔽風、雨以及太陽的東西。

首先果然是日照的防護。不管怎麼努力掙扎，終究還是敵不過酷熱。屢戰屢敗。

既然這樣，果然需要某種程度的建材。搬運過來嗎？不不不，不可能。太辛苦了。可是，我討厭寒冷也討厭炎熱。

就在我思索著種種事情時，突然注意到氣溫下降了許多。

似乎不知不覺間已變成晚上了。

在我思考事情時，總是會忘記時間的流逝。

一直以來始終改不掉這個壞習慣。

常常一回過神來才發現已經過了好幾天。

時間在自己意識到的感覺之外流逝，總讓人覺得彷彿只有自己被世界遺漏一樣，我不太喜歡。

不過，再怎麼說，我也已經不像以前那樣陷入思考後，等注意到時，世界幾乎全部改變那麼誇張了。

不過一直煩惱著住處的問題，事情也不會有進展。

如果可以，當然極力希望避免，不過看來除了自己動手之外別無他法了。

「看來只能自己做了嗎……？」

「做什麼？」

當然是蓋房子啊。

哎，也不需要蓋得多氣派，但至少要達到寬敞舒適的程度……

想到這裡，我以驚人的氣勢從岩石上滾下來。

我十分驚慌地抬頭一看，只見我之前坐著的岩石旁邊，站著一名一頭白髮的男子。年齡大約是人類的十六歲左右。

外觀顯得有些骯髒，但看那服裝恐怕不是私人物品，大概是士兵之類的吧。

不過，那種事怎樣都好。

最重要的是，我好不容易才找到的居處竟然就這麼被人冒失地闖進，害我嚇了一大跳，而且還被看到我跌了個大跤的醜態，簡直讓人怒不可遏！

「你……做好覺悟了吧？」

我站起來，把手指關節弄得喀啦喀啦作響，對著男子做出恐嚇。

我當然完全不打算使用發出聲響的手指。以物理角度來說，我脆弱得連人類的小孩都贏不了。

「啊，嚇到妳了？抱歉抱歉。哎呀，因為我看妳好像很認真地在思考，結果突然間開始自言自語，覺得實在很有趣就忍不住……」

面對腦袋遲緩的男子的態度，我氣得緊握拳頭顫抖。當然我並不打算使用這個拳頭。

「哪裡有趣了，別開玩笑！我現在可是為了在這建造自己的住所而拚命耶！趕快給我閃一邊去！」

我怒吼大罵，不過即便面對這樣的叫囂，男子臉上還是掛著溫和的笑容。

「這樣啊這樣啊。建造住所啊～～有沒有需要我幫忙的地方？不嫌棄的話，我可以協助妳任何事喔！」

這傢伙在說什麼莫名其妙的話？

我剛剛是叫他「閃一邊去」吧？

嗯，我的確是那麼說了沒錯，而且帶著很強烈的敵意。

但是這個滿臉傻笑的傢伙到底是怎麼回事？真是難以理解。

「別說傻話了。反正你一定有什麼不好的企圖吧？總之快點給我消失。」

至今也有很多人像這樣說要提供我協助，但到頭來全都是企圖利用我的傢伙。

這傢伙大概也是那種人吧。誰會相信這種人啊！

「咦咦？不不不，沒那回事！雖然我確實想過如果能在附近看著妳的話一定很開心，不過絕對沒有突然就想那些違背良心的事，那實在太……」

男子說完這些話，似乎有些不好意思地搔了搔頭。

這傢伙搞什麼？是不是腦袋哪裡不太對勁啊？

以這傢伙的言行，如果是企圖害我，未免也太過笨拙了。還是他想藉此讓我掉以輕心？

而且「想看著我」究竟是什麼意思？

算了，不管那句話具有什麼含意，反正這傢伙一定也像至今遇到的那些人類一樣，打算對我說些可疑的事吧。

「我無法相信你。因為在這之前我一直被人們欺騙，事到如今要我相信還比較奇怪吧。」

「唔……那要怎麼做妳才願意相信呢？只要能幫上妳的忙，我什麼都願意做。不需要回報。不然從現在這個瞬間開始，妳說什麼我都照辦。」

男子這麼說，用鼻子「哼」了一聲。

原本想回他「是嗎？那麼你現在馬上給我消失」，但反正都這樣了，我想到一個更好的主意。

嗯，雖然是有些壞心的想法，不過事情若進行順利，這傢伙應該也會就此消失。

「……你說什麼都願意做吧？」

我小聲說道。

「咦？當、當然啦！妳願意相信我了嗎？」

我不理會笑逐顏開的男子，走到適當的地方伸手指向地面。

「什麼？指著地面是……」

「在這裡蓋一間房子。」

聽到我的話，男子臉上的笑容瞬間僵掉，然後開始冒出大量冷汗。

「你沒聽見嗎？我叫你在這裡蓋一間房子。」

照理說應該不可能沒聽見，不過我還是重複了一次。

「我蓋！」

「然後蓋好馬上離開。如果做不到，現在馬上……」

「我就說要蓋了！」

嗯，那種事當然不可能一個人辦到。等這傢伙消失，我再自己慢慢……

「……啊？」

「妳沒聽到嗎?我要蓋一間房子給妳看!為了妳,這點事算不了什麼!」

語畢,男子露出笑容。

不過他雖然滿臉笑容,但從現在仍不停冒汗的樣子來看,應該是相當逞強地說出剛剛那一番話吧。

看樣子這傢伙的腦袋真的不太對勁。

一個人蓋房子?他知道那需要多少建材,耗費多少勞力嗎?

基本上,這傢伙具備那方面的知識嗎?就算有好了,我還是完全無法理解他的言行舉止是怎麼回事。

……不,他該不會只是嘴巴上這麼說,實際上有什麼企圖吧?

我帶著懷疑直盯著男子,只見他突然不好意思地臉紅,搔了搔頭。

這傢伙只要一害羞就會用右手搔頭呢。又增加了一項無意義的情報。

「……那好,如果你有辦法就做給我看吧。這段期間我會監視你。」

我語帶嘲諷地說道。只要在一旁監視，他應該也無法搞什麼花樣。

反正他應該半途就會放棄了吧。看著這傢伙夾著尾巴逃走的模樣，倒也挺有趣的。

「妳、妳願意看著我嗎……？」

男子一邊說一邊露出非常開心的表情。

老實說，對於這傢伙屢次出現的難以理解發言，我漸漸覺得不太舒服了。

無法理解。雖然考慮過乾脆窺視他的腦袋，不過要窺視本來就令人感到詭異的這傢伙的腦袋，實在有些反感。

「那麼，我會從明天起開始努力的！……呃，妳叫什麼名字？」

「你說名字？我沒有那種東西。」

『名字。』

人類在認識彼此時使用，是種類似記號的東西。

人類給予出生的孩子具有含意的名字，而孩子一輩子都以那名字自稱。

不過那是人類之間使用的東西，我與那種東西無緣。

「是嗎？沒有名字啊……那麼就只有我報上名字吧。我叫TSUKIHIKO，請多多指教！」

TSUKIHIKO嗎？

真是個笨蛋。就算報上名字，對我來說人類就是「人類」。

除此之外什麼也不是。告訴我名字是想做些什麼呢？

即使試著思考這些，但眼前的這名男子看起來似乎並沒有打算對我要求些什麼。

真是令人不快的生物。

不過，以「令人不快」或「無法理解」做為結束，實在令人有些不甘心。

好吧。那麼我就來理解他的內心到底在想些什麼吧。

「那麼可別逃走喔，『人類』。」

聽我這麼說，TSUKIHIKO雙眼沒有一絲陰霾，閃閃發光地回答：「那當然！」

這是地獄。

關於這方面有諸多說法，不過至少這段路程我只能如此形容。

「你要累到什麼時候，ＳＨＩＮＴＡＲＯ！」

ＫＩＤＯ將途中買的運動飲料喝完，然後對著躺在正下方的我說出這句話。

「拜託饒了我……我快死了。」

從我躺著的草皮上飄來夏天清爽的氣味，並逐漸充斥鼻腔深處。

或許也是因為這裡在樹蔭底下吧，總覺得感受得到一種夏日風情。

「青草味好討厭……」

「渾身嘔吐味的傢伙沒資格說這種話。還不是因為你在那說什麼『預防中暑！』猛灌碳酸飲料才會變成那樣。」

面對ＫＩＤＯ尖銳的吐嘈，我只能做出「剛形成的心傷一陣刺痛！」的反應。

就算她那麼說，但對碳酸愛好者來說，碳酸飲料就是生活用水。要補充水分，仰賴碳酸也是理所當然的事。

真要說起來，都是因為剛剛一票人跑進連名字都沒有的茂林裡的關係。

「不、不要那樣說啦！請小心對待我！」

「唔，抱歉。話說回來，因為以前來過所以一時太大意，不小心花了太多時間。」

從祕密基地最近的車站搭電車到這大約花了一小時。

再從那裡徒步走了約兩個半小時。是段足以殺死尼特族的殘酷路程。

所以會嘔吐個一、兩次，也是理所當然的事。

我和碳酸都沒有錯。一切都是夏天的錯。

雖然是夏天的錯……

「吶，ＫＩＤＯ。雖然是借來穿的，不過沒有比這更像樣的衣服嗎？」

我一邊指著身上穿的登山服，一邊問道。

「是你自己說『不想弄髒運動服』的吧。而不巧的是，我不知道有什麼衣服比那還要更適合登山。」

KIDO這麼說道，並在橫躺在地的我的右手邊坐了下來。

不，話雖如此，炎炎夏日穿著如此重裝備，到底是怎樣啊？

至少挑件輕薄一點的衣服……

我稍微試想了一下，不過想到這是由一個穿著長袖連帽外衣臉色也絲毫沒有改變的人所做的選擇，就覺得不管說什麼應該都是白費力氣了。

「……話說回來，MARI還真是住在很不得了的地方耶。周遭什麼都沒有吧，吃飯之類的怎麼辦？」

「我也曾這麼想然後問過她……不，不可能。」

KIDO一邊說一邊按住頭。照那個樣子來看，可以很容易想像到MARI說出了不可思議的回答。

「也就是說～～該不會……」

「啊啊，好像不用進食，不過似乎會喝些東西。MARI剛到祕密基地時，對普通食物感到非常驚訝……」

MARI越來越充滿謎團了。住在這種地方還不用吃飯，一個人生活超過一百年以上。

這不叫謎團，那什麼才叫做謎團啊。

「我懷疑ＭＡＲＩ其實是仙人。」

「啊啊，我也正好這麼想呢。話說天氣這麼熱，實在很沒輒。」

草木生長茂盛的森林中心。

不，一路穿越曲折蜿蜒的複雜道路，讓人甚至搞不清楚這裡是否為森林中心。在道路盡頭的ＭＡＲＩ家門前，我和ＫＩＤＯ聊著這些話題，頭腦一片混亂。

「那麼，接下來該怎麼辦？不進去也不是辦法吧。」

「ＭＡＲＩ說要整理房子所以叫我們先在外面等，這也沒辦法吧。」

明明是超乎常軌的現狀，為什麼只有此刻會產生一種「去女孩子家玩」的錯覺啊。

如果是平常，說不定心臟會因此鼓動得非常厲害，但老實說，現在要變成那樣，氣氛壓倒性的不足。

放棄地想說乾脆睡個午覺好了時，ＫＯＮＯＨＡ湊過來的臉映入視野。

「怎麼了？」

「啊，那個……」

離開祕密基地時，基於「萬一必須帶些什麼回來」的理由，讓KONOHA背了一個巨大的登山包，來的途中MARI毫不客氣地往裡面塞入一些飲料之類的，結果KONOHA完全變成負責拿行李的。

呃，對於昨天做出驚人舉動的這傢伙來說，這點小事應該不算什麼，不過還是覺得有點良心不安。

「不，就是這個……」

KONOHA從登山包拿出一罐飲料遞給我。

「因為你從剛才就很不舒服的樣子，想說不知要不要緊。」

面對突如其來的體貼，我瞬間反應慢了一拍，但發現那是KONOHA的善意表現後，便開心接下。

「喔，謝謝。你也注意要隨時喝點飲料喔。」

話才說完，KIDO便指著我說：「喝太多就會像這傢伙一樣，還是適可而止就好。」

「啊啊啊啊！拜託饒了我吧！我很在意耶！」

「喔喔，是嗎？抱歉抱歉。」

KIDO滿不在乎地拍了拍我的肩膀。

真是過分至極的對待方式。尼特族是一種纖細的生物，只要發生一點小事身體就會出狀況。應該可以再對我溫柔一點吧？

就在我們這樣吵鬧之時，ＭＡＲＩ突然「啪」的一聲打開玄關的門。

「抱、抱歉讓大家久等了。已經可以進來了！」

ＭＡＲＩ只露出臉來，她掛在脖子上像是墜飾般的鑰匙發出「鏘」的聲響，說完後她便再次把臉縮回去。

「好，那就進去吧。」

看樣子是收拾好了。也就是說，接下來終於要進入主題了。

我站起來這麼說，此時ＫＩＤＯ也起身，大大伸個懶腰說：

「要是能有什麼新發現就好了。」

總之，這次的目的是關於眼睛的能力，以及ＭＡＲＩ的身世之謎。如果能進一步取得關於「那個世界」的情報更好。

至少，若能得知ＭＡＲＩ的身世，或許我們也能產生一些新的想法。

「不知道能不能知道ＨＩＹＯＲＩ的下落？」

我將手放在門上正打算進屋時，站在身旁的KONOHA微弱地說出這句話。

「唔～～關於那方面情報實在太少了，所以也無法下定論……不過希望至少能找到些提示之類的。總之，先找找看吧。」

我輕拍KONOHA的背如此說道，只見KONOHA也點了點頭。

「打擾了～～……喔喔……」

打開玄關的門後，眼前是彷彿娃娃屋放大成實物大小般的空間。

整個屋子被書櫃所圍繞，密密麻麻的古老書籍淹沒屋內。

「這是一間氣氛很好的房子呢。」

我四處環視室內，如此說道，MARI不知是高興還是害羞，扭扭捏捏地看著地板。

「媽媽說，這個房子是爺爺蓋的。」

「爺爺一個人蓋的嗎？呃，這怎麼可能。對吧，KIDO？」

我一邊說一邊看向在我之後進屋的KIDO，KIDO此刻露出了至今我從沒看過的熠熠生輝表情環視屋內。

「……妳以前不是來過嗎？」

「不！那時我沒有進到屋內！話說回來，這房子真棒耶……真羨慕妳，ＭＡＲＩ……」

看到ＫＩＤＯ露出這最高等級的反應，ＭＡＲＩ害羞地回應：「嘿嘿，謝謝。」

ＭＡＲＩ在放置於窗邊的椅子坐了下來，說著：「好久沒回來了呢。」並眺望窗外。

「ＳＨＩＮＴＡＲＯ，我真的很想住在這裡耶。」

ＫＩＤＯ轉過身，態度堅決地說道。

「住、住這裡的條件太嚴苛了吧？」

聽到我這麼說，ＫＩＤＯ開始唸唸有詞：「不，可是……」「要想辦法解決食材……」

另一方面，ＫＯＮＯＨＡ一臉認真地物色書櫃上的書。

怎麼，比起團長，這傢伙更認真地在進行活動。

ＫＯＮＯＨＡ看了一陣子，突然把手伸向一本書。他發現什麼了嗎？

ＫＯＮＯＨＡ馬上轉頭詢問ＭＡＲＩ：「可、可以讓我看這本書嗎？」

「咦？嗯，可以隨意翻看沒關係喔。」

「謝謝！」

話才說完，ＫＯＮＯＨＡ立刻啪啦啪啦地翻起拿在手上的書。那表情與平常截然不同，顯得相當認真。

「喂、喂。是不是找到什麼了？」

ＫＯＮＯＨＡ或許是精神相當集中，即使出聲詢問，他也完全沒有停下正在翻頁的手，眼睛專注地盯著書頁。

在意內容的我跑到ＫＯＮＯＨＡ的身旁。看到ＫＯＮＯＨＡ翻開的書頁瞬間，我終於理解這傢伙為何會變得那麼認真。

「你、你，這是……」

「嗯，嚇了我一跳呢。」

翻開的書頁上畫著一隻巨大的龍。圖畫旁邊以手寫體的英文寫著注釋，但ＫＯＮＯＨＡ注視的看樣子是那張龍的圖畫。

「……超帥的。」

我失望地垂下肩膀。對這傢伙抱持期待的我是笨蛋。

不，本來就不可能這麼簡單便找到什麼線索。明知道這點卻忍不住情緒亢奮的我，實在相當白痴。

在我垂頭喪氣之時，這次換成ＫＩＤＯ輕拍我的肩膀。

「ＳＨＩ、ＳＨＩＮＴＡＲＯ，我找到不得了的東西了。」

我一邊心想「這次又是什麼」一邊轉過頭，只見ＫＩＤＯ手上拿著像是素描簿的東西。

而且封面還用黑色粗體字寫著「祕密」兩個字。

「喂喂，這是……」

「嗯，看來，那傢伙似乎做了相當不得了的事……」

ＫＩＤＯ這麼說道，慢慢地翻開封面。

翻開的頁面上，以相當前衛的畫風，畫著像是ＭＡＲＩ的少女拿著劍四處奔波的模樣。

或許是某個國家的勇者吧？從頭戴皇冠的模樣看來，也像是名王族。

接著繼續往下翻頁。

然後這次看到ＭＡＲＩ跨坐在手臂很粗、像是龍又像是蜥蜴的生物上。

恐怕正準備把劍刺向那疑似龍的生物吧。

不知為何ＭＡＲＩ的手臂與劍融合在一起，那是受到什麼詛咒嗎？明明在戰鬥中，ＭＡＲＩ那滿臉的笑容令人印象深刻。

翻開下一頁。

下一頁描繪著ＭＡＲＩ激烈跳舞的姿態。

是為了慶祝打倒之前那隻疑似是龍的生物的慶功宴吧。

不，仔細一看，剛才的那隻龍也和MARI一起跳舞。明明用劍刺入對方身體卻得以和解，到底使用了什麼樣的交涉術啊？

KIDO打從剛才開始，每當翻頁就會噗嗤地笑出來，現在已經到了呼吸困難的地步了。從結論來說，這本素描簿似乎完全幫不上忙。

「呀啊啊啊！那個不能看！」

原本望著窗外的MARI，發現我們正在觀看這本素描簿的瞬間，臉色鐵青地跑過來。

「抱歉……MARI……呵、呵呵……」

KIDO大概相當中意這本冒險故事，只見她抱著肚子幾乎笑倒在地。

「這、這個只是塗鴉本嘛！所以、那個……啊啊啊！好難為情！」

MARI用雙手摀住臉尖叫。或許是我的心理作用，她垂在頭部兩側的頭髮看起來好像在抖動。

「把自己做為主角，感覺還真了不起呢。」

我不小心說出這句話，結果KIDO激烈地噗嗤笑到快昏過去。

MARI再次「啊啊啊啊啊啊！」地尖叫出聲。

有這麼徹底揭開黑歷史的事例嗎？

ＭＡＲＩ一定覺得很辛酸吧，希望她能夠茁壯成長。

在那之後，ＫＩＤＯ姑且先在椅子上坐下，開始調整呼吸。

但是她腦中似乎持續回想起那些畫面然後不斷再次笑出來，讓ＭＡＲＩ每次都發出「討厭啦啊啊」的悲痛叫聲。

「欸，ＭＡＲＩ，有沒有類似日記的東西啊？」

無論如何，還是必須認真找尋線索，於是我向ＭＡＲＩ開口詢問，結果ＭＡＲＩ狠狠地瞪向我說：

「沒有比那更奇怪的東西啦……！」

「嘎啊啊，我不是說妳的啦！比如妳媽媽的日記之類的，我想說搞不好有記錄一些重要事情。」

聽到我這麼說，ＭＡＲＩ大概是發現自己搞錯，於是停止瞪我。

「嗯～～……啊，媽媽好像有寫日記……」

「真的嗎？那放在哪裡？」

聽到我的詢問，MARI說：「我記得媽媽好像很重視那本日記，但放在哪呢……？」然後開始思考。

「呃，好像是書櫃上面……？」

「書櫃上面嗎？聽到了嗎？KONOHA！」

聽到我的話，KONOHA回答「唔、嗯！」然後開始一個一個搜尋書櫃上方。

不過似乎遲遲沒有找到。

KONOHA看完最後一個書櫃後說聲：「沒有耶～」

「不是在書櫃上面……」

「喂！好像搞錯了！KONOHA！」

聽到我這麼大叫，KONOHA回答：「知、知道了！」然後停止搜尋。

「呃……庭院……」

「KONOHA！是在庭院！」

聽到我的話，KONOHA回了句：「知道了！」便快速衝出玄關。

「……也不是。」

不出所料，似乎不在庭院。抱歉，KONOHA，之後我會請你喝果汁的。

ＭＡＲＩ仍在唸唸有詞。假如日記真的存在，其實有個值得懷疑的地方。

「ＭＡＲＩ，妳脖子上那個墜飾是家裡的鑰匙吧？」

「咦？嗯，是啊。原本是媽媽的……」

ＭＡＲＩ拿起墜飾，鑰匙發出「鏘」的聲音。

沒錯，會發出聲響，便代表掛著兩把鑰匙。

比家裡鑰匙明顯還小的鑰匙。看起來家中的入口只有一個，而且那應該也不是家裡的備用鑰匙。

事情很簡單。放眼望去，這個家中有鑰匙孔的家具，只有放在書櫃之間的小桌子。

「另一把是那邊桌子的鑰匙吧？日記會不會就放在那張桌子裡面……」

不，果然還是不太可能。

就算是ＭＡＲＩ，如果日記放在這麼容易發現的地方，應該不至於煩惱到這個地步。

看來日記應該不是放在那張桌子裡面。

不過，這麼一來，到底會放在哪裡……

「咦？」

ＭＡＲＩ聽到我這麼說，交互看著手上的鑰匙與小桌子幾次，然後露出一臉驚訝的表情說道：

「我完全沒發現……」

「咦……」

啊啊，這孩子一百年來到底在做什麼……這想法閃過腦袋，不過這麼說來，這孩子是會與打算刺殺的龍一起瘋狂共舞的類型。

應該有些憑我的感覺也無法理解的部分。

總覺得有種半是期待落空的感覺，無意間往窗戶的方向看去，結果有個以驚人氣勢衝過去的白色人影瞬間映入眼簾。

啊啊，得快點叫他回來才行呢。在我這麼想的短短一瞬間，MARI緊握鑰匙，噠噠噠地往小桌子的方向跑去。

「……那傢伙晚一點再處理應該沒關係。」

抱歉，KONOHA。雖然預算有限，不過下次我會請你吃飯的。

就在我心不在焉想著這些的同時，ＫＩＤＯ終於恢復正常的呼吸。

「……呼。真是抱歉，ＳＨＩＮＴＡＲＯ。我已經沒事了。」

啊啊，我這裡都快結束了呢。我在心裡如此喃喃自語。

原本趴著不停抽搐的ＫＩＤＯ，現在已經差不多恢復正常了。

雖然感覺有些憔悴啦。

「不，其實我也覺得那小桌子有點可疑。哎呀，真不愧是ＳＨＩＮＴＡＲＯ呢。」

這傢伙在說什麼啊。會覺得她只是笑到不支倒地，根本沒幫上什麼忙，難道是我想太多了嗎？

「……哎，如果能從那本日記上找到什麼收穫就好了。」

至少關於ＭＡＲＩ的身世，從日記著手應該會比詢問當事人更有成果。

那會不會成為與眼睛的能力……甚至是和「那個世界」相關的連結呢……

至少我抱持莫大的期待。

任何一個環節都可以。即使是細微的情報，也可能成為連繫一切真相的關鍵。

「喀！」清脆的聲音於屋內響起。

「SHINTARO！找到了！」

MARI一邊說，一邊雙手高舉起深藍色像是辭典的東西。

以日記來說，那給人相當厚重的印象。

MARI再次噠噠噠地跑回來，把拿在手上的日記「咚！」一聲放在桌上。

其外觀像是會出現在RPG等作品當中的魔法書一般，湊近一看發現日記散發著一股驚人的壓迫感。

這是從什麼時候開始使用的物品呢？

根據MARI的說法，這至少使用了幾百年，不過實際上又是如何？

背後突然傳來門被打開的聲音，回頭一看，只見KONOHA步伐蹣跚地走回來。

「抱、抱歉……沒有找到。」

現場陷入一片寂靜。假如能夠聽見良心受傷的聲音，此時絕對是轟隆作響。

「啊、不，那個……」

就在我語無倫次之時，KONOHA的視線落在放於桌上的日記。

現場再次陷入一片緊張氣氛。

「啊，原來找到了。太好了……」

不過，KONOHA如此說道，並露出安心的表情。

啊啊，這傢伙真是超級好人……

這樣心想的同時，內心也產生了深深的反省念頭。我一定要請他吃飯。

「總而言之找到了，那個，MARI，這與其讓我來看，還是由妳來看會比較好……」

再怎麼說，隨便讓別人看親人的隱私內容，我想絕不是一件舒服的事。

不過，聽到我這麼說，MARI回答：「沒關係，如果能因此稍微減輕大家的痛苦，相信一定不會有問題的。」

大家的痛苦。這正是這個團的所有人所共通、發生的一切。

如果要問「知道真相後幸福就會回來嗎？」答案或許並非如此。

只是，假如能藉此開拓出前進的道路，我想這個團的成員一定都必須知道「真相」。

「好吧。那就來看吧。」

有著厚重份量的日記封面上沒有寫上文字，只有深藍色在眼前展開。

其他三人為了一起閱讀日記而聚集在我身邊。

我等待大家準備就緒後，終於翻開封面。

※

如果我們是「一般」承蒙上天眷顧的人類，一定無法明白這本日記的內容。

何等的深奧，何等的悲傷。

裡頭記載著持續思考些什麼的生物，那不可思議的「人生」。

翻開書頁的觸感，我直到現在都還無法忘記。

相信我未來也一定不會忘記她們的事。

當時翻開封面的我，無從得知之後發生的事，只是將存在那裡的「名字」唸出來。

『AZAMI。』

第一千零一十四天。

連續下了好幾天的雨，雨勢不見減緩，依然持續浸濕生長茂密的樹葉。

季節改變，氣溫雖然稍微昇高，不過接連的壞天氣讓心情跟著受影響。

眼前降下來的雨沫，每次掉落一滴就彈起青草的香氣，又一次把夏天的氣味送進鼻腔。

「……那傢伙的神經到底出了什麼問題？」

在一個勁地下個不停的雨裡，我的家正在建造當中，外觀雖不好看但也逐漸開始展現出其全貌。

我今天也不厭其煩地持續看著在一堆隨意堆放的建材與作業工具中，一個勁地傻笑並賣力工作的男子。

「雨勢這麼大耶？一般都會休息吧。明明是受傷也不會馬上復原的虛弱人類，那傢伙對自己也太有自信了。」

我在離是我家的預定地有些距離的地方，臨時搭建的「最低限度遮風擋雨的窮酸簡陋小屋（附浴室）」中，獨自喃喃自語。

打開附設的窗戶，盤腿而坐看著那傢伙，已經成為我每天的功課。

照這個樣子來看，距離完工應該不遠了。

一開始明明是根本不知如何蓋房子的毛頭小子，現在則能獨當一面地四處奔走，實在令人相當愉快。

哎，那些當然都是歸功於我的力量。

雖然我當初罵他個狗血淋頭，但因為他哭著跑來問說：「妳知道怎麼蓋房子嗎？」那樣子實在太可憐了，所以我忍不住教授他蓋房子的知識。

由於是我親自指導，所以我的家理所當然地能在如此短的時間內成形。

話雖如此，靠著自己的力量砍伐如此大量的建材，並搬運、組織起來，那傢伙以人類來說，算是相當有毅力的人。

雖然屋子蓋得很難看，但還是睜一隻眼閉一隻眼好了。

不過話說回來，開始這件事已經經過三年了吧。

對以往的我來說，這簡直是一吹就會飛走的短暫時間，不過多虧那傢伙的危險性，這三年間感覺相當漫長。

不，我並沒有要保護他的意思。

發現他是相當好用的傢伙後，若是在蓋好房子前就累垮也未免太可惜了。只有這樣。

基本上他是個說話算數的人。等這個家完工，他應該會遵守當初的約定，從我的面前消失吧。

這麼一來我就可以一個人在那間屋子悠閒度日了。哎呀，三年前的我還真是想了個好辦法呢。

就在我雙手環胸，點頭稱讚著當時的自己時，突然傳來轟隆隆的雷聲。

回過神來，發現雨勢似乎增強許多。

這時候太陽差不多快下山了。那傢伙也差不多要回來了吧。

就在我這樣心想時，ＴＳＵＫＩＨＩＫＯ果然不出所料地馬上回來了。

看到他全身如預期般地沾滿泥濘，我一如往常地感到嫌惡。

「哎呀，今天進展了很多喔。我想應該再過不久就能完成。怎麼樣？變得很不錯……」

「好髒。去洗澡。」

我一邊說一邊伸手指向浴室，只見ＴＳＵＫＩＨＩＫＯ說句：「啊哈哈，說得也是。抱歉抱歉。」便慌慌張張地往浴室走去。

雖然說是臨時搭建的小屋，不過這裡也有差強人意能使用的地方。

由於ＴＳＵＫＩＨＩＫＯ當初提案說：「我先做個可以讓妳好好看著我的地方喔。」所以最初誕生了個只有屋頂的東西，之後才慢慢增建成現在的模樣。

不知是什麼時候的事了，過去他提說要蓋自己過夜的地方時，我也曾經為此而大罵，不過他以「這樣會比每天從山腳下過來的建造速度快上許多」的理由讓我勉強答應，所以那傢伙如今也算是半個住在這裡的人。

算了，反正沒有害處，而且蓋房子的作業進展也確實變快了。雖然有些地方令人無法接受，在完成前我決定允許他這麼做。

沒錯，在完成之前我要忍耐。

只要房子蓋好，我就能獲得獨自的容身之處。只要忍到那時就好了。

……話說回來，連洗澡水都幫他燒好，我似乎對他太好了。

不，如果他不小心病倒的話會很麻煩。而導致房子無法完成更是麻煩。

我的這些思緒，被浴室傳來的一句：「謝謝妳幫我燒洗澡水！我很高興喔！」全給打亂掉了。

第一千零三十二天。

持續許久的雨停了，終於感受到夏天的氣息。

我躲避著毒辣的日曬，把TSUKIHIKO帶來的水桶裝滿水，讓腳浸在裡面踢水。

「喂～那邊有點歪掉囉～」

聽到我的呼喊，TSUKIHIKO用力揮手表示回應。

TSUKIHIKO今天也默默進行著建築我家的作業。今天看來是屋頂上的作業。

明明一連好幾天在這種大熱天底下工作，不過那傢伙卻沒有因此曬黑，白色的肌膚與黑色屋頂形成對比，顯得特別醒目。

不知道是遺傳還是什麼原因，那麼年輕卻居然連頭髮都是白的，真是不可思議的傢伙。

不過話說回來，剛才我明明是提醒他屋頂有個部分稍微露出來，那傢伙該不會誤會成我在聲援他了吧。

只見他露出笑容揮著手，完全沒有要修正的跡象。

「喂～不是那樣！看你的腳下，腳下！」

TSUKIHIKO似乎終於察覺到我是想要傳達些什麼，稍微探出身反問：「咦？妳說什麼？」

我漸漸對這令人焦急的對話感到不耐煩。講一次還聽不懂嗎？那個白痴。

「所以說看腳下……啊！」

我如此大叫的瞬間，ＴＳＵＫＩＨＩＫＯ在屋頂上的身體突然搖搖晃晃地失去平衡。

就這樣失去支撐的ＴＳＵＫＩＨＩＫＯ，身體掉出屋頂外，被拋於半空中。

面對這出乎意料的狀況，我幾乎停止思考，不過我仍是讓腦袋全力運轉。

怎麼辦？這種時候該怎麼辦才好？

動用什麼力量……不，不行。在這種狀況之下，我沒有能夠幫助ＴＳＵＫＩＨＩＫＯ的能力。

剎那間——那一瞬之間腦袋被各種思緒給淹沒。

然而，我卻想不到任何一種能從這個距離有效救援ＴＳＵＫＩＨＩＫＯ的方法。

ＴＳＵＫＩＨＩＫＯ的身體沒有做出任何抵抗，從我這邊看不到的死角，消失於屋子的另一側。

心臟簡直就要停止了。

那個高度。不管是怎麼掉下去的，恐怕都會危及性命。

我弄倒裝了水的桶子，往TSUKIHIKO可能掉落的方向衝了過去。

希望至少是從腳落地……

但是烙印在視網膜上，TSUKIHIKO的最後姿態，怎麼看都不像是從腳掉下去的樣子。

「TSUKIHIKO！」

我彎過房子的轉角，環視地面。

但，那裡卻沒有看到TSUKIHIKO的蹤影。

在我思考發生了什麼事之前，頭上率先傳來愚蠢的聲音：

「哇啊，好危險。嗯，怎麼啦，AZAMI？」

我抬頭一看，只見單手懸掛在屋簷一角的TSUKIHIKO。

看到臉上依舊掛著傻笑的這名男子，比起安心之類的情緒，一股憤怒的感覺更快地湧了上來。

「開什麼玩笑，這個笨蛋！像你這麼脆弱的生物，為什麼還那麼不小心！」

面對我的怒吼，ＴＳＵＫＩＨＩＫＯ掛著笑容，臉色變得鐵青。

「咦？」

看那個樣子，他似乎搞不懂自己為何無緣無故挨罵吧。

我無論如何就是想對他大罵些什麼而張開口，但種種情感滿溢而出，使我無法如願地編織出話語。

結果最後說出口的只有「你是白痴啊！」這般幼稚拙劣的話。

我說完這句話，便轉身背對ＴＳＵＫＩＨＩＫＯ：

「重新把水倒進桶子。還有……今天不准再爬上屋頂了。」

聽到我的話，ＴＳＵＫＩＨＩＫＯ慌張地回應：「知、知道了！」

不愉快。

非常的不愉快。

最不愉快的是，對於因為這種程度的小事就嚇出一身冷汗的自己感到生氣。

而且回去之後還發現裝在桶子裡的水全沒了。真的讓人非常氣憤。

今天一整天我都不要開口跟他說話了。這麼一來，他應該會很沮喪。

這麼一想，突然覺得很痛快，怒氣也因此緩和下來。

第一千零五十八天。

「好慢……！」

令人心曠神怡的夕陽景致。

吹過來的風相當舒服，搭配著夕陽混合成舒適的溫度。

「說什麼因為沒食物了所以回家拿。那傢伙到底跑去哪裡的家拿了？」

與眼前鮮明的情景完全相反，我的心中烏雲密布並發出轟隆聲響。

自從ＴＳＵＫＩＨＩＫＯ說：「因為沒食物了所以我回去拿，白天就會回來。」而離開這裡後，到現在已經是黃昏了。

ＴＳＵＫＩＨＩＫＯ從家裡到這裡總是花費大約三個小時往返。

即使花上比較久的時間，也都是下雨或是雪地較難行等等理由明確的情形，最重要的是他就算晚回來，至今也不曾在太陽下山後都還沒回來。

在想著那些事之時，暮色漸漸染成深藍色。

夕陽像是在嘲笑白等的我一樣，在轉眼之間消失，結果入夜後ＴＳＵＫＩＨＩＫＯ仍然沒有回來。

「那傢伙到底在想什麼？昨天還大肆炫耀說『再過一個禮拜就能完成了』不是嗎？」

我靠著小屋的外圍牆壁，抱著膝蓋抱怨著。

雖然遠方傳來了細微的蟲鳴聲，不過這地方還是一如往常沒有生物的氣息。

只有胸口的鼓動形成強烈對比，聽起來格外大聲。

他今天晚上應該不會回來了吧？

不，仔細想想這的確也沒錯。一般持續往返這種森林的人，會避走夜路是理所當然的。

比如說，原本想在下午出發，但判斷走到一半天黑會很危險，於是改成隔天早上再出發。這麼一想，其實相當合理。

或是因為天氣太好，途中在什麼地方小睡片刻了也說不定……

不，那樣有點危險。

那麼，回到家之後，因為陽光太舒服而不小心呼呼大睡的情形又如何呢？

我在黑暗之中，繼續像這樣擅自列舉著ＴＳＵＫＩＨＩＫＯ沒有回來的理由。

「唉，明天早上就會回來了吧。」

……

「不，說不定再過不久，他就會慢吞吞地出現。」

……不，終究只是希望論。

只不過是我希望是那樣的妄想。

如果要說合情合理的原因，腦袋中早已浮現出比那更好的理由。

為什麼我要像是在掩藏那項理由一樣，列舉出一些微薄至極的希望論呢？

一旦察覺這件事，現實的想法終於在腦中擴展開來。

「逃走了嗎？」

仔細想想，這是最合理的理由。

畢竟沒有收到等價報酬，三年來持續在這默默蓋房子其實才比較「異常」。

老實說，我搞不懂那傢伙為什麼會一直待在這裡。

雖然已經不再存有「其實他想要騙我吧？」的想法，不過那傢伙的行動原理依然是難以理解。

……這麼說來，一開始他似乎說了什麼。是什麼來著？

當時聽到後覺得相當令人不快，所以那時並沒有放在心上，不過我記得……

『如果能在附近看著妳的話一定很開心。』

想起這句話的瞬間，心臟像是被緊緊揪住一樣。

感覺臉頰發燙，呼吸困難。

那傢伙居然說出這麼難為情的話……！

他是白痴嗎？

不，應該說……

「……他喜歡我嗎？」

話才說出口，感覺就好像快發狂了一樣。

不不不，不可能。那傢伙可是人類啊。說到底和我是不同種族的生物。

不過那傢伙是男的，至於我……恐怕是女的吧。

男人會想要「凝視女人」之類的，說穿了就是那麼回事吧。

這個想法在腦中如葛藤般糾結苦惱，口中不由得發出「嗚啊啊……」有氣無力的聲音。

他還說過什麼其他話語嗎？

快點想起來，應該還說了什麼。一定有說了什麼沒錯。

是什麼呢？我記得他的確說了更不得了的話……

『從現在這個瞬間開始，妳說什麼我都照辦。』

我無法忍受地以驚人氣勢站起來。要是不這麼做，總覺得心臟可能會因此爆裂。

呼吸加快，頭腦發暈。

我是笨蛋嗎？

那傢伙打從一開始就早已清楚地說出待在這裡的理由了。

我發現了一件不得了的事。

那傢伙喜歡我。

「也、也就是說，在這之前一切都是……」

察覺到這點的瞬間，我終於理解那傢伙三年來持續待在這裡的真正意思，甚至到了難為情至極的地步。

「當時的那個也是這個意思嗎……？不，所以那個時候也是？啊啊啊……他是白痴啊！」

不，不管怎麼想，白痴的人都是我。

理由實在太過單純，反而說明了一切。

如今只要稍微想起那傢伙的臉，臉便幾乎要噴出火來。

總之大致回想一遍，幾乎差點昏過去後，我終於恢復了冷靜。

調整氣息，反覆用力深呼吸。

鼻子吸進夜晚的涼爽空氣，感覺發熱的身體從內側逐漸緩和下來。

「……快點回來，笨蛋。」

從什麼時候開始，我變得對一個人獨處感到痛苦呢？

等那個笨蛋回來，再對他稍微抱怨幾句吧。

因為他是個就算那樣也會感到高興的奇怪傢伙。

第一千零五十九天。

好久沒有這樣哭個不停了。

嚴格來說，因為到了早上TSUKIHIKO都沒有回來，才會從那附近滲出淚水。

「好了，別哭了。我完全沒事，好嗎？」

雖然TSUKIHIKO一邊說一邊企圖安慰抱著膝蓋哭泣的我，不過淚水還是止不住地奪眶而出。

不，誰會想到他會全身傷痕累累地回來呢。

等待的人突然以那種模樣出現，我才會嚇得哭出來。

「哎呀，這麼晚才回來真的很抱歉，因為遇到了有點麻煩的事。」

TSUKIHIKO這麼說並露出微笑，搔了搔頭。

這傢伙渾身是傷還在笑些什麼啊。他是白痴嗎？

「……為什麼全身傷痕累累？」

總算止住淚水的我開口詢問，這時ＴＳＵＫＩＨＩＫＯ明顯露出動搖的表情。

雖然他急忙裝出笑容，不過那反應早已被我看穿。

「怎麼，難道是不能對我說的事嗎？」

「啊啊，不！不是這樣的。只是……」

對於ＴＳＵＫＩＨＩＫＯ曖昧不明的態度，我吸著鼻子催促他：「好了，快說。」

臉色鐵青的ＴＳＵＫＩＨＩＫＯ身體震了一下，然後大概是認命了，先是輕輕嘆了口氣，開口說：

「那個，妳還記得我們一開始相遇時的事嗎？就是妳在思考事情時，我向妳搭話……呃，怎麼了？」

幾乎要從臉上噴出火的我，忍不住把臉埋進膝蓋。

我昨天才剛回想起來，怎麼可能忘記！

我維持把頭埋在膝蓋中，說聲：「繼續說！」催促ＴＳＵＫＩＨＩＫＯ說下去。

「唔、嗯。就是啊，當時我剛好是從戰地返家的途中。因為被說我『派不上用場』。」

這麼說來，第一次遇見他時，他身上的確是穿著那樣的服裝。

但話說回來，居然有這麼過分的人，竟然說他派不上用場……哎，以前我也對這傢伙說過同樣的話就是了。

「那個時候我發現了走路搖搖晃晃的妳，覺得妳好漂亮，所以才會跟著妳。」

「不、不用把那些事全都說出來。」

總算壓抑著情緒說出這句話，不過老實說，我簡直害羞到快死掉了。

在這之前明明什麼事都沒有，竟發現了那出乎意料的情感。

「啊哈哈，抱歉。所以說，當妳叫我『蓋房子』時，老實說心裡雖然覺得強人所難，卻單純地感到很高興。因為想到我居然可以為這麼漂亮的人出一份心力。」

「唔，謝、謝謝。」

「咦咦？總覺得妳今天不太對勁呢。」

真是的，這男人到底有多單純。

那樣的根本就只是壞心眼嘛。

不過如今對於這傢伙的這種部分，也覺得十分惹人憐愛。

……我漂亮嗎？

……是嗎？

……感覺心情相當不錯。

「然後啊，我的父母親很早就過世了，因為擁有不少的土地，所以在財產方面我並不會感到困擾，不過昨天碰到很久沒見的村民……」

話說到一半的ＴＳＵＫＩＨＩＫＯ，突然顯得羞於啟齒。

「碰到村民為什麼會變成這樣？你也是那個村子的居民吧。」

「是這樣……沒錯啦。但，妳也知道，我的外表比一般人稍微引人注目了些，所以和村民的感情並不是很好。」

ＴＳＵＫＩＨＩＫＯ以困擾的表情說出這句話的瞬間，我全都理解了，同時腦中萌生出明確的敵意。

「……只因為那樣嗎？」

「咦？」

「只因為那樣，他們就對你做這種事嗎？」

ＴＳＵＫＩＨＩＫＯ的臉上出現了大片瘀傷，身上的衣服也沾滿泥濘。

這些也全都是那村子的人幹的好事嗎？

雖然我對於人類之間的爭執一點興趣也沒有，不過光是TSUKIHIKO被牽扯進去，就令人覺得相當不愉快。

必須讓對TSUKIHIKO做出這些事的人，受到相同的……不，比這更慘的遭遇，否則我無法甘願。

我這麼想並站起身，大概是察覺到我的想法，TSUKIHIKO在我面前張開雙手阻止道：「不可以！」

「為什麼不可以？他們把你弄得那麼慘耶！讓那個村子的人遭受和你一樣的對待他們也不能抱怨吧？」

「不，沒關係。因為今天，我又來到這裡了。」

TSUKIHIKO臉上依然帶著笑容。

我原本想代替TSUKIHIKO那麼做，不過被TSUKIHIKO本人制止後，不知為何覺得自己好像做錯事，胸口頓時一陣刺痛。

「……為什麼？你不生氣嗎？」

「嗯？不，我當然不認為他們的做法是對的喔。但正因為如此，我不希望妳去做和他們相同的事。」

聽到這句話，我頓時失去話語。

……而且，我也不想和那群傢伙一樣。

只是想到TSUKIHIKO未來的幾十年還得必須在他們所在的地方生活下去，心情就悶悶不樂。

……這傢伙真的認為這樣子好嗎？

被忌諱厭惡自己的人包圍，每天遭到他人打從心底的輕視，還得依據對方的心情而遭受暴力。

「你別再回村子了。」

這句話很自然地脫口而出。

對了，不要回去就好了。就這樣一直住在這裡就好。

這麼一來，他就不會再遇到那麼過分的事了。

但是，ＴＳＵＫＩＨＩＫＯ聽到我說的話，卻沒有任何回應。

仔細一看，發現ＴＳＵＫＩＨＩＫＯ握緊拳頭，若有所思地站在原地。

看到他這副模樣，我想起了與這傢伙所做的約定。

我叫他「蓋房子」時，還加上「房子蓋好就離開」這句話。

對了，打從一開始我們的聯繫就是直到這個家完成為止。

在這樣的狀況下，我到底在說什麼？

ＴＳＵＫＩＨＩＫＯ也是因此而露出這副表情吧。這三年來，我深深體會到這傢伙是個遵守約定的男人，甚至到了令人痛苦的地步。

「……抱歉，當我沒說過。」

話一出口，淚水再次從眼眶流下來。

好寂寞。

寂寞得受不了。我不想要分開。

啊啊，為什麼當時我要說出那種話呢？我真是個笨蛋，無可救藥的大笨蛋。

「……對不起。」

TSUKIHIKO像是好不容易硬擠出來一樣說出這句話。

我明白。一點也不奇怪，這是理所當然的事。

……然而，對於內心的某處角落依然抱著期待的自己，我不禁感到極度難為情，不知道該怎麼辦才好。

好了，必須讓他早點完成房子。

快點離開後，我自己一個人也……

「妳願意嫁給我嗎？」

「……我願意。」

我被摟進懷裡。

這是第一次感受到人類的，ＴＳＵＫＩＨＩＫＯ的溫度。

原本存於心中的煩惱，彷彿在某處消解了一般，消失得一乾二淨。

不是只有悲傷、痛苦的時候才會流眼淚嗎？

眼淚卻在這種時候流下來，真是太奇怪了。

「抱歉。我打破了約定。」

聽到ＴＳＵＫＩＨＩＫＯ正直又無趣的話，我一如往常地罵他「笨蛋」。

第一千零七十二天。

盛夏日。

讓人感到懶洋洋的大晴天。

藍天顯得清透澄澈，迎面吹來的風，把白雲吹得滿天飄揚。

「花了那麼長的時間，我已經等到累了。」

聽到我這麼說，TSUKIHIKO一邊說「哎呀，真沒面子」一邊搔了搔頭。

我的家終於完成了，外觀雖然不太好看，成果卻令人相當滿意。

應該不會輕輕一碰就倒了吧？

不管怎麼說，這房子是在我的指導下完成的。如果這樣還會倒，那就全都是TSUKIHIKO的錯。

「雖然想說的話有很多，不過，光是屋子成形就應該給予稱讚。」

「啊哈哈，謝謝。哎呀，不過還真是感慨頗深啊。原來只要有心，真的可以蓋出這麼大的屋子呢。」

說完這句話的TSUKIHIKO望著屋子的外觀，一副沉浸在感動中的模樣。

費時三年的超級大作。瞧他高興成那樣，真是個性單純的傢伙。

雖然說是大作，不過有個令人有些在意的地方。

「……欸，TSUKIHIKO。」

「嗯？什麼事？」

TSUKIHIKO高興地轉過頭。

「這個家是不是比我原本希望的大小還要大上許多？」

TSUKIHIKO身體猛然一震，臉上雖掛著笑容，卻一臉鐵青。

「咦、呃～～……對不起。其實我抱著些許的期待結果就……」

TSUKIHIKO一臉尷尬地回答。

真是的，說到底這傢伙根本打從一開始就不準備離開這裡吧。

雖然我對事情完全照TSUKIHIKO所想的發展而有些不甘心，不過同時也感到有點難為情。

「……我也沒說討厭吧。」

聽到我這麼說，TSUKIHIKO的表情豁然開朗起來。

「太好了！哎呀，我還擔心要是叫我再蓋一間該怎麼辦呢。」

「你、你把我想成什麼了！……好了，趕快進去吧。」

我不理會TSUKIHIKO，往玄關的方向走去，這時突然在外牆角下修剪整齊的綠草當中，發現開著一朵花。

我一邊心想著「怎麼只有這傢伙開花啊」一邊靠近那朵花，這時發現我的舉動的TSUKIHIKO說道：「啊啊，那朵花啊。我覺得很可愛，所以就把它留著了。」

會覺得花可愛，還真是個可愛的傢伙。雖然希望TSUKIHIKO更有男子氣概一點，不過這點也很有他的風格，總覺得心情複雜。

顏色鮮豔的桃紅色花兒，雖然只有一朵，卻勇敢地展現著美麗。

「……這種花叫什麼名字？」

在我彎腰欣賞時，TSUKIHIKO也在旁邊半蹲著身子。

「哇，妳不知道嗎？妳居然會不知道，真是難得。」

「別、別說蠢話了。只是有點想不起來而已……別、別賣關子，快點說！」

在我的催促下，只見ＴＳＵＫＩＨＩＫＯ嘻嘻笑著，一邊溫柔撫摸那朵花，一邊開口：

「這朵花的名字啊……」

「為什麼要那麼說呢？」

MARI氣勢洶洶地生氣大罵。

垂在MARI臉頰兩側的頭髮，有如在表現她的情感般大幅抖動著。

粉紅色的雙眼，像是隨著MARI紊亂的呼吸，逐漸轉變為深紅色。

「喂、喂，MARI。SHINTARO並非帶有惡意那麼說，而且那是假設性的話，用不著那麼生氣……」

KIDO說的話有一半正確，另一半卻是錯的。

我沒有把剛才說的話當成「假設性的話」。

而是確信那就是「真相」。

聽到KIDO的話，MARI「嗚嗚嗚嗚嗚……！」地發出了彷彿在訴說些什麼的呻吟，淚水奪眶而出。

KONOHA看到MARI流下眼淚，露出戰戰兢兢的模樣，交互看著我和MARI。

「我、我……我去外面……！」

「喂，MARI……！」

以驚人氣勢起身的MARI，絲毫不理會KIDO的制止，飛快地跑了出去。

「我、我、去追她！」

說完這句話的KONOHA，也緊追在MARI身後跑了出去。以他的速度，應該很容易就能追到吧。

屋裡只留下我和KIDO兩人。KIDO發出「唉……」的小聲嘆息，整個人深坐於椅子中。

「吶，KIDO，妳覺得呢？」

聽到我的詢問，KIDO一邊搔頭一邊回答：「我的意見和你完全相同。」

「總覺得對MARI做了件不好的事呢。對MARI來說，結果可能聽起來就像『自己的外婆是造成大家困擾的原因』。」

「不，這也是沒辦法的事。之後再好好解釋給她聽，應該就會沒事了。」

我和KIDO面對面，在MARI之前坐的椅子上坐下來。

原以為都在腦中整理好了，不過老實說，直到現在仍然有許多尚未理解的事。

「不過，這麼一來大概可以知道MARI是什麼人了。」

「啊啊，都已經明確寫到這種地步了，就算硬著頭皮也只能理解了吧。」

KIDO一邊說，一邊翻閱打開的日記。

「怪物……嗎？結果無論在哪個時代，人類都沒有改變呢。」

說出這句話的KIDO，表情總覺得帶有悲傷的神色。

這傢伙也受到過這本日記上寫的對待嗎？

至少每個人確實都繼承了那些因子沒錯，應該或多或少都經歷過一些不好的回憶。

「不過話說回來，最主要的原因，果然是『目光明晰』這項能力。」

「啊啊，不管怎麼思考好像只能這麼想。只不過……這個真的能稱為能力嗎？」

KIDO的意見很正確。在日記上登場的「十種能力」中，怎麼想就只有這個「目光明晰」的能力與眾不同。

「不，我不知道。至少確實沒有那種『正在使用』的感覺……」

就日記所看到的，實際上本人似乎並不把那個當成「能力」。

不過如果真的是這項能力創造出「那個世界」，最好還是把「目光明晰」當成是能力的其中一項。

「總而言之，現階段我們認識的『能力者』，MARI不算在內的話，總共有五個人是嗎？」

「關於HIBIYA，目前還不知道他具有哪一項能力就是了。你認為KONOHA也是吧？」

「啊啊，我認為他絕對是。一般人不可能一跳躍就是幾十公尺吧。」

日記裡面並沒有出現像是KONOHA的能力。

若是如此，那應該是沒有詳細解釋的兩項能力「覺醒」和「清醒」的其中之一吧。

「總而言之，包含KONOHA在內共是六個人。也就是說，還有四個能力者尚未確認嗎……？」

「若能遇到具有『明晰』的能力者，說不定能詢問看看關於『那個世界』的情報。」

「假如那個能力有出現在這個世界的話。如果沒有，我們也不能怎麼樣吧。」

以結論來說，從這本日記取得的情報量相當龐大。

與原本完全未知的「那個世界」和「能力」的謎團成功取得連結，現在甚至可說已成為一項指標。

我們或許已經來到能夠稍微窺見到這一連串事件真相的地步。

如果能就這麼順利進行下去並攻略「那個世界」，說不定能夠找回曾經失去的人。

「『那個世界』嗎……？」

「『那個世界』啊……」

話說到這裡，我和KIDO陷入沉默。不，我們大概是在思考同一件事吧。

「……總覺得，要不要幫這個決定一個名稱啊？不然很難稱呼這個實在不是辦法。」

「真巧呢，我也剛好在想這個。」

話雖如此，我沒有取名字的天分。哎，反正也不需要取得太帥氣，隨便想個好叫一點的名稱……

「叫『KAGEROU DAZE』如何？」

語畢，KIDO的雙眼閃閃發光。

啊啊，這大概是她的自信作……我有些退怯地察覺到這點。

果然不出所料，KIDO以一副說著「很棒對吧」的表情，等待我的反應。

「附帶一提，『KAGEROU』具有出現後馬上消失的意思；『DAZE』則是『眩亂』的意思……」

啊啊，而且還開始說明。

像是把冷掉的搞笑話題挖出來重新說明一樣，令人非常不耐煩。老實說，真希望她不要這樣。

「喔、喔。我知道了。很好啊，就用那個吧……」

「不，等一下。聽我說。DAZE唸起來還有另外一個意義……」

不不不，實在太囉嗦了。

這個話題剛才就結束了吧。到底是具有多少意義啊。

就說我不想知道意義什麼的。

「好、好了！哎，事情也大致解決了，差不多該回家了。等到天色變暗的話，回去會很辛苦吧。」

「嗯？啊啊，那倒也是。這個名稱的意義，等回祕密基地再繼續說明好了。」

拜託饒了我吧。老實說，這名稱也沒有那麼好。

不，等回到祕密基地時這傢伙應該也差不多忘了吧。

總之，在這裡聽她有完沒完的長篇大論實在太痛苦了。還是趕快回基地，讓ＭＯＭＯ代替我受罪吧。

我從椅子上站起來，走往玄關。

一打開門，因為陽光直射的關係，體感溫度立刻昇高許多。

光是想到接下來還要走那條路回去，就覺得筋疲力盡。

乾脆叫ＫＯＮＯＨＡ背我……不，不行，那傢伙身上已經揹了一個登山包了。

那麼乾脆請他橫抱……不，來的時候他橫抱著ＭＡＲＩ。無論哪一種方法都不行。

「好了，ＭＡＲＩ人在哪裡？」

跟在後面走出家門的ＫＩＤＯ，一邊反手關起身後的門一邊說道。

ＭＡＲＩ臨走前說了句：「我去外面」，不過以時間上來說她應該不可能走得太遠……

在我和ＫＩＤＯ隨意環視周遭時，正好瞄到屋後的茂盛草叢裡有個白色的蓬鬆剪影。

「喔，找到了找到了。喂～ＭＡＲＩ，剛才很抱歉！快回來吧～！」

聽到我的話，位在遠方的ＭＡＲＩ好像大喊了些什麼，不過距離太遠所以聽不太清楚。

「她在說什麼……？」

沒辦法，我只好撥開草叢前進，來到能夠清楚確認ＭＡＲＩ模樣的距離。

ＭＡＲＩ還是一樣在大喊些什麼，她到底在說什麼？

總之試著往深處前進，到了一定的距離後，只見眼前的茂密草叢從某個地方突然消失。

我大吃一驚停下腳步。

這時，可以清楚聽見ＭＡＲＩ「救我」的啜泣聲。

我戰戰兢兢地靠近一看，發現從草叢中斷的地方到ＭＡＲＩ站立的地方，形成了五公尺左右的斷崖。

「MA、MARI？妳為什麼會在哪裡！」

我環視四周查看她是以何種方式跨越這個距離去到那邊，這時看到在離這裡不遠的地方，有座像是原木搭建的獨木橋。

MARI一邊說「我、我被蜜蜂對～」一邊號啕大哭。

MARI應該是在說「被蜜蜂追」吧。

也就是說，在逃離蜜蜂的過程中渡過原木，跑到對岸去了嗎？

「這是什麼情形啊……」

這時從後方追上來的KIDO，大概是掌握目前的情況，驚訝地大喊：「MARI？」

「喂，這下子該怎麼辦……」

「不管怎麼樣，都要想辦法救她吧。對了，KONOHA跑去哪裡了？」

對了，如果是他，這種程度的懸崖應該不算什麼。

跳到對岸去背MARI再跳回來，對他來說應該輕而易舉。

「說得也是，那傢伙在那個時候跑出去……」

「「迷路了嗎？」」

我和KIDO一起垂下肩膀。

那傢伙現在不在這裡，應該就是這麼回事吧。那傢伙到底跑去哪裡了？

不管怎麼樣，現在那傢伙不在我們也無法做些什麼。

從那樣子來看，叫MARI「再走一次原木回來」無論如何都太過分了。

但是要我去帶她回來，則是比那還要更不可能好幾倍的事。說穿了，我根本沒有膽量走到對岸。

「總之先等KONOHA……」

就在我說出這句話的下個瞬間，有個黃色的小型物體闖入視野。

只見那物體拍打著翅膀，以驚人的氣勢逼近向前。

是蜜蜂。

「呀啊啊啊啊！」

面對這突如其來的狀況，讓我大大扭曲起身體。

必須盡快離開這裡，必須盡快……

就在我一邊想著一邊踏出腳步的瞬間，我的腳漂亮地踩空了。

……糟糕，失敗了。

ＫＩＤＯ驚訝的表情映入視野，並以驚人速度快速變小。

像是被極大的力量拖住一樣，我的身體開始朝懸崖底部急速下墜。

……啊啊，不行了。這下子沒救了。

看到已經離得太遠的ＫＩＤＯ，我察覺到這是自己的死期。

這樣掉下去應該會很痛吧。這也是理所當然的，畢竟是這種高度。

這麼說來，ＡＹＡＮＯ死的時候，我也曾經想過這種事。只不過從屋頂上看時根本完全搞不懂，是嗎？原來是這種感覺啊。

「那傢伙應該很害怕吧。」

我一邊說一邊閉上眼睛，身體隨即受到一陣衝擊，接著失去了意識。

*

我睜開眼的瞬間，映入視野的是腹部流出大量鮮血，全身劇烈顫抖的KONOHA。

我直覺察覺到是這傢伙救了我。

身體雖然沒有一處感覺到疼痛，不過面對眼前的景象，心臟像是要爆裂一樣遭擊潰。

KONOHA旁邊有個與人的手臂差不多粗的樹枝，生長得像是從地面伸出來一般。

乾枯殆盡，前端尖銳的樹枝上鮮血淋淋。

是那個刺穿腹部的吧？

遙遠的頭頂上傳來了尖叫聲，不過與其在意那個，現在為了思考拯救眼前這傢伙的方法，腦袋已經竭盡全力了。

手機收不到訊息。

就算送醫院也來不及了吧。

除此之外還能做什麼？

急救。不行，這不是急救能夠處理的等級。

有什麼？難道都沒有嗎？能救助這傢伙的辦法……

「為什麼要救我……！」

面對顫抖漸漸轉弱的KONOHA，我只能說出這句話。

聽到我的話，KONOHA虛弱地說出些什麼。

同時吐出鮮血，使得話語聲幾乎被咳血的聲音蓋過，不過KONOHA確實說了：「因為是朋友。」

身體顫抖，眼淚流了出來。

我曾經為這傢伙做過什麼嗎？

不，什麼也沒做過。

可是KONOHA卻為了保護我，如今動也不動。

KONOHA的眼睛已經失去光彩，流出來的鮮血依然持續在地面擴散開來。

……喂，拜託想點辦法。你在KONOHA的身體裡面吧。

我們是朋友。我想救他。拜託、拜託了……

在我祈禱的下個瞬間，空氣似乎瞬間凝結了一樣。

那是種彷彿被某種可怕生物瞪視一般的感覺。

在我如此心想的一瞬間，無數的黑蛇從已經不會動的KONOHA體內竄出，纏上KONOHA的身體。

不久之前KONOHA都暗淡無光的雙眼開始閃爍著紅黑色的光，KONOHA的心臟撲通撲通的鼓動聲，即使是在這個距離的我都能清楚聽見。

無能為力的我，只能傻傻看著眼前的友人重新再造的過程。

死神RECORD IV

燭光朦朧地照耀著擺放在窗邊的桌子上方。

寫完第一篇日記的我，把筆擱在桌子上，重新確認一遍內容。

「唔～～這麼寫應該可以吧。」

雖然知道「日記」的存在，不過實際動筆寫過後，發現是件相當困難的事。

今天還好發生一件名為「外出」的稍微大了點的事件，不過從明天起到底要寫什麼？

不過重新讀完一遍後，老實說，今天的日記也很難說是有趣的內容。

「想說因為是起頭，必須鼓起幹勁來寫……但這樣根本完全不像樣不是嗎？」

我對於自己欠缺文才一事感到相當錯愕。

「會嗎？我倒是覺得寫得很棒。」

背後突然傳來聲音，讓我不禁「嗚哇啊！」地尖叫出聲。

TSUKIHIKO維持著一貫的笑容，一邊說「啊哈哈，抱歉抱歉。」一邊搔頭。

「什……！你居然擅自偷看！這個笨蛋！」

沒想到會被這傢伙偷看，我實在太大意了。應該沒有寫出一些奇怪的內容吧……不，應該沒問題。

「哎呀，我居然也有出場，真開心呢。」

TSUKIHIKO一臉害羞地說出這番話，不過我只是寫這傢伙被蜜蜂追的醜態，這樣有什麼好開心的？

「哼，因為出場人物太少，沒辦法只好把你寫進來。」

日記裡本來就沒什麼出場人物好說，只是讓這傢伙開心實在不太甘心，所以就先當成是這樣。

「SION睡著了嗎？」

「嗯，因為今天在外面玩了一整天，已經熟睡了喔。」

SION也長得很大了。

老實說，我完全沒想過自己會撫養孩子，不過總有辦法的。

因為是我和這傢伙的孩子，老實說內心實在很不安，不過現在每天都很幸福。

「SION……以後也會好好長大吧？」

話才說完，TSUKIHIKO便像平常一樣摸摸我的頭回答：「她會好好長大，變成像AZAMI一樣的美女喔。」

不，我又沒拜託他說到這種程度。因為有點難為情，總是要他別這樣，這傢伙的這種個性真是改不掉。

「唔～～……我也想睡了。差不多該休息了。」

TSUKIHIKO一邊說一邊大大地打了個哈欠。

一臉睏意的TSUKIHIKO臉上，和第一次見面那天相比，已經變老了許多。

這就是人類，年紀會增長。

因為以那樣的身體和SION到處亂跑，這傢伙應該相當疲倦了吧。

「是嗎？那你好好休息。」

不過，這時TSUKIHIKO露出有點寂寞的表情，接著說出：

「AZAMI，偶爾要不要也一起休息呢？SION也在，好嗎？」

聽到TSUKIHIKO的話，我胸口有點刺痛，不過我沒有表現出來，冷靜面對：

「……笨蛋。我不用睡覺。你要我整個晚上都躺在旁邊沒事做嗎？」

「啊哈哈，說得也是。抱歉抱歉。」

ＴＳＵＫＩＨＩＫＯ雖然邊說邊笑，臉上的表情果然還是有些寂寞。

「放心，明天還會在一起的。」

聽到我的話，ＴＳＵＫＩＨＩＫＯ露出一抹笑容說「知道了，明天見」，然後再次摸摸我的頭。

我輕輕揮手，目送ＴＳＵＫＩＨＩＫＯ走進寢室。

等到ＴＳＵＫＩＨＩＫＯ的身影完全消失在寢室裡，先前拚命隱藏住的寂寞從胸口滲了出來。

ＴＳＵＫＩＨＩＫＯ會那麼說，大概是因為我在日記上一時疏忽寫出那件事吧。

因為是他，理應不會在意那種事才對……

「能夠三個人一起迎接的夏天，還剩多少次呢？」

寫在日記上的那句話，明明是自己寫的，看起來卻格外殘酷。

雖然對ＴＳＵＫＩＨＩＫＯ保密，不過最近的晚上我經常想著這些事。

雖然和他一起時很容易忘記，不過我也知道時間的流逝絕不會允許這種事。

……我和他恐怕沒辦法那麼長久在一起吧。

因為以那傢伙的壽命，絕對會比我先死。

不過照理說，那應該是打從一開始就已經知道的道理。

為什麼事到如今會為這種事情如此苦惱呢？

那是因為對於不能再和他一起感到寂寞。

光是想到那種事，就不禁滲出眼淚，好寂寞。

就算如此，我仍然完全沒有想過打從一開始就不該在一起這種事。

與那傢伙邂逅，SION出生，變成三個人。

一起度過的這段時光，對我來說是無可取代的。

所以，沒關係。接下來的日子，只要比現在更珍惜地活下去，那就夠了。

如此寶貴的日子，要是想著悲傷的事度過，就太浪費了。

等到離別時刻來臨時，再盡情哭泣就好。

「為什麼你要先死！不是說好要永遠在一起嗎？」像這樣痛罵他一頓。

他對我說的這些任性話很沒輒，一定會非常傷腦筋。

等他一如往常地一邊搔頭一邊道歉，再原諒他吧。嗯，這樣的感覺挺不錯的。

就在我想著這些事的同時，回過神來才發現眼淚滴滴答答地滴落在日記的封面上。

呼吸困難。不管怎麼壓抑，寂寞的心情還是不斷溢出來。

剛才不是才決定要先收起眼淚了嗎？我是笨蛋嗎？

……討厭。我不想分開。我想要永遠在一起。

腦中被這些話埋沒，意識漸漸變得模糊。

是因為哭過頭了嗎？有種不可思議的感覺。

明明沒有要思考事情，卻自然而然地閉上眼睛。

這到底是怎麼回事？

雖然搞不懂是怎麼回事，不過感覺並不差。

彷彿寂寞也被緩和了。

慢慢的。

慢慢的。

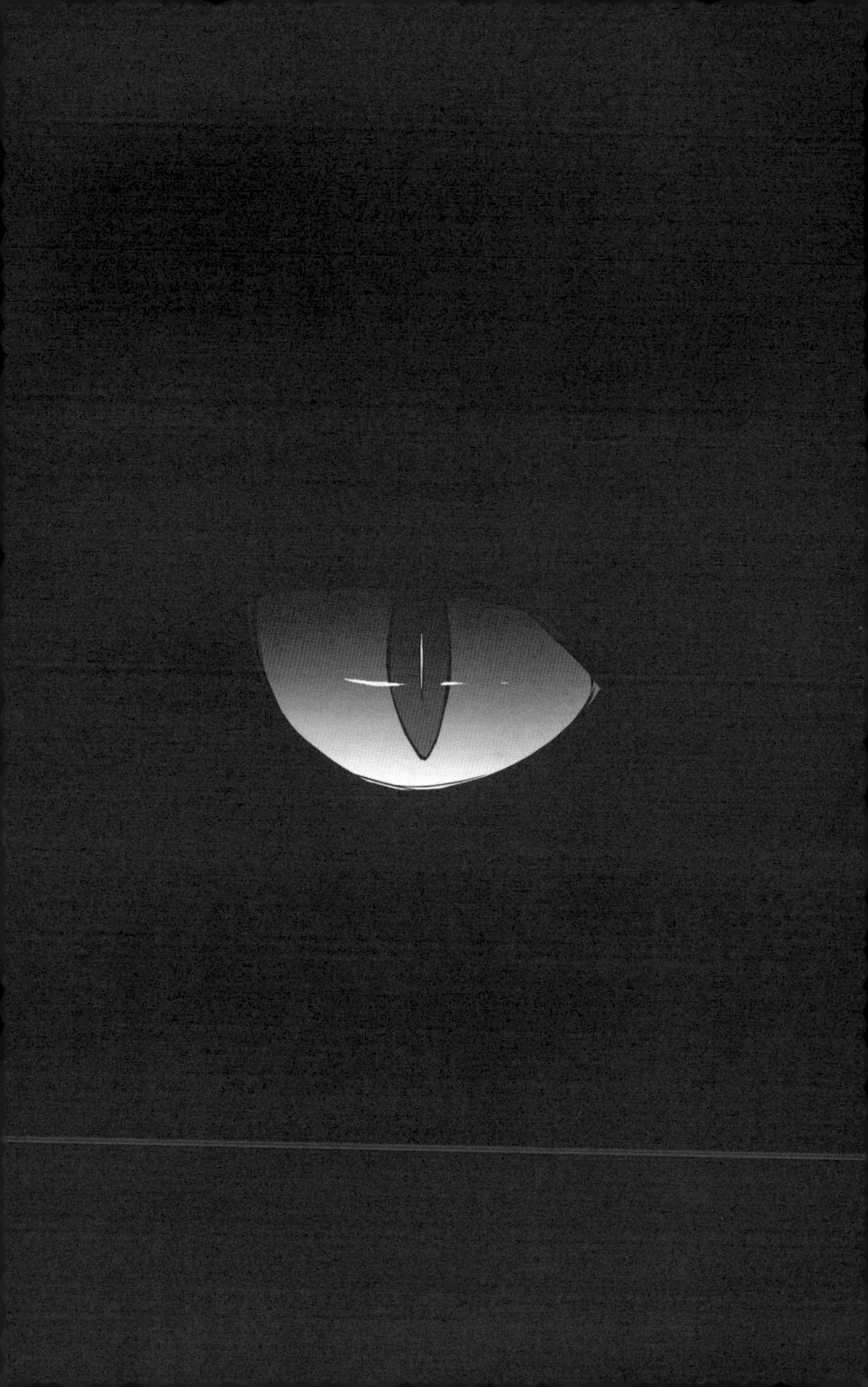

歡迎。

歡迎，我的主人。

啊啊，您終於有意委身於我了嗎？

您變得好憔悴，想必經歷了相當辛苦的事吧。

真是的，您知道我等這個時刻等了多久嗎？

畢竟，我明明一直在這裡等待著，您卻完全沒有發現。

不過，您會來到這裡，是因為有非常希望實現的心願吧？

啊啊，不、不。什麼都不用說。

您在說什麼？您就是我，我就是您，應該沒有無法互相了解的事吧。

嗯，我知道。

原來如此，原來如此。

……這還真是相當奇妙呢！

啊啊，不、不，請您聽過就算了。

話說回來，會因為這種事而煩惱，主人，您似乎變了很多呢。

不過不管是什麼樣的主人、什麼樣的願望，我就是為了實現這些而存在，所以請您儘管放心。

話說回來，您希望與那個人類永遠生活在一起。關於這件事，從結論來說，首先在這個世界上是不可能的事。

啊啊，請不要這麼悲觀。

我是說「在這個世界」不是嗎？

沒錯沒錯。

當然您會問「那麼是在哪個世界」對吧？

我來告訴您。我就是為此勞駕您來到這裡的。

沒錯，就是您持有的那些能力。請使用那些能力。

那些能力，能夠視使用方法實現任何事情。

如同剛才所說，您的願望不可能在這個世界實現。

很可惜，我不能告訴您理由，還請多多諒解。

不過，如果是這樣的話，只要創造新的世界就好了！

比方說，不斷重複著不會結束的世界如何？

這樣就可以和您愛的人，以及女兒永遠生活在那裡。

只要擁有您的那些能力，這是易如反掌的事。

嗯，當然！不是別的而正是您的力量，所以沒道理不能使用在您身上。

……

……喔，時間好像差不多了。

那麼等您下次來的時候，再告訴您更詳細的事吧。

不管任何時候，我都會在這裡恭候您的到來。

嗯，有任何可以幫得上忙的地方，請儘管告訴我。

那麼，下一次的美夢再見。

白天的暑氣緩和得差不多，室外多了幾分舒適感。
天空還呈現紫色的同時，街燈漸漸亮起來。

「不、不會吧……」

雖然一瞬間懷疑自己的眼睛，確認過幾次後，眼前的狀況的確是「現實」。
我在祕密基地附近的自動販賣機前。
向來以「怎麼可能」否認「中獎便再送一瓶！」等宣傳標語而活到現在的我，眼前自動販賣機不起眼的電子輪盤，的確反覆閃爍著「恭喜中大獎！」的字眼。

「這根本是都市傳說嘛……！」

把手伸進飲料取出口，觸感確實是兩瓶冰涼的寶特瓶。

拿出來一看，眼前的確是兩瓶使人著迷的黑色碳酸飲料。

幸福的精華從掌心流進身體。

啊啊，要是當下仰頭灌下該有多棒，不過這次我決定忍耐。

「省下買兩瓶的時間。」

我一邊說一邊把一瓶碳酸飲料遞出去，KONOHA說出：「謝、謝謝」毫無虛飾氣息的感謝話語。

兩人並排站在自動販賣機的旁邊，充滿氣勢地把碳酸飲料灌進身體。

冒出泡泡的糖液從喉嚨滑進食道，然後到達胃部並甜蜜地刺激著器官。

啊啊……是這個，就是這個。

堪稱是只有在炎炎烈日下結束遠足的人才能達到的「境界」。

我現正處於那個頂端，開始與碳酸飲料的靈魂對話。

越交談就越深入、越激烈、越豔麗的狂亂之宴。

啊啊，原來是這樣。這是碳酸之神平等賜給人們通往天堂的通行證。

「碳酸永垂不朽……」

「你、你在說什麼？」

糟糕！

過度沉溺於碳酸之中，完全把ＫＯＮＯＨＡ擱置在一旁了。

不過注意到ＫＯＮＯＨＡ手上的碳酸飲料減少了許多，我難掩心中的喜悅。

「很好喝吧！」

聽到我的話，ＫＯＮＯＨＡ用力點了兩次頭。

在做著這些事的過程中，天空完全變成黑色碳酸飲料的顏色。

就算盛夏期間太陽較晚下山，天色仍已變暗了。

「時間過得真快，一轉眼就過去了。」

ＫＯＮＯＨＡ也呆滯地看著天空。

雖然被寶特瓶擋住，不過衣服上開了一個大洞。

我一口氣喝掉碳酸飲料，將容器塞進自動販賣機旁的垃圾桶。

「吶，ＫＯＮＯＨＡ。」

「什麼事？」

ＫＯＮＯＨＡ還是面無表情，只是直直盯著這邊。

我漸漸開始理解這傢伙了。

雖然沒有表現在臉上，不過這傢伙的內心並非面無表情。

雖然覺得他是個不可思議又奇怪的傢伙，卻很了不起。是個相當普通的「不錯的傢伙」。

「你剛才說我是朋友吧。」

聽我這麼一說，ＫＯＮＯＨＡ簡短回了一句「嗯」。

「既然這樣啊，那就不要一個人獨自承受痛苦。那樣不是很寂寞嗎？」

我的命是這傢伙救的。

雖然知道自己沒有立場說這些話，不過我絕對不希望再有那樣的回憶。

不曉得ＫＯＮＯＨＡ有沒有聽懂，只見他再次傳來簡短的一聲「嗯」。

不知為何總覺得這個「嗯」比剛才的「嗯」，帶有更多這傢伙獨特的心情，令我不禁感到有些高興。

「……差不多該回去了，不然團長要發飆了。」

「嗯。」

稍微走一下，便看到貼有寫著「１０７」的門牌，看起來可疑的建築物。

打開門走進裡面，ＫＩＤＯ和ＭＡＲＩ同時說：「回來啦。」歡迎我們。

果然疲憊不堪。

我在沙發上坐下來，精疲力盡地盯著天花板。

在我發呆時，ＭＡＲＩ開始縫補ＫＯＮＯＨＡ衣服上開的一個大洞，ＫＩＤＯ則是唸道「KAGEROU DAZE」，將她非常中意的名稱說出口。

這時突然聽到玄關的開門聲，充滿特徵的腳步聲闖進屋子。

面對聽習慣的聲音，我擠出最後的力氣開口說道：

「啊啊……歡迎回來……」

耳機ACTOR V

「……這裡，剛才也有經過吧。」

在充滿特徵的電子書籍網站橫幅廣告前，我低聲說道。

我靠著廣告，忍不住「唉……」地深深嘆了一口氣。

「居然連回自己家的路都忘了……我真是太失敗了。」

每天每日情報錯綜複雜的這個世界，眨個眼睛就變樣。

昨天才去的園藝類網站，才一個轉眼就已經變成可疑的角色扮演網站。

年輕樂團團員持續放上投注了靈魂的歌詞的樂團網站，則變成神祕的排行榜網站。

諸如此類的事是家常便飯，照理說我應該有著切身的體會才對，不過如果是經過兩年的歲月，果然就是另外一回事了。

「唔～～……有沒有什麼好主意呢～～」

我一邊說一邊試著胡亂甩手，好主意卻沒有從袖口掉出來。

從什麼時候開始，我已經完全成為ENE了。

曾經那麼討厭的睡意消失得無影無蹤，二十四小時充滿精神，身為主人的偶像ENE而一直生活至今……

「那件事果然是真的吧。可是只有那個冒牌貨害我頭腦一片混亂啊啊啊！」

我一邊說一邊「啊啊」地抓狂。

在我仰躺飄浮，出神看著四周時，發現一望無際的空間一如往常地充滿了電子欲。

「哎，這種世界才是『冒牌』的吧。」

說完這句話的我，轉了一圈，決定認真找出回家的路。

我豎起食指，接著直接在半空中不斷寫著網頁地址。

「所謂算命有靈的時候，也有不靈的時候！大概就類似這種感覺吧～～！」

就這樣憑氣勢不斷寫著時，不知從哪冒出個看慣的視窗。

「YES！猜中了！」

華麗地擺出勝利手勢，充滿氣勢地跳進那個視窗，就來到正四方型的狹小空間。

「哎呀～～真是懷念～～雖然是不怎麼好的回憶。」

曾經哭得很慘的地方。

那樣不可能會是好的回憶。

空間的側面並排顯示著「收件匣」和「寄件備份」等各種項目。

從中選出「我的最愛」，打開最上方的郵件。

「我來晚了，抱歉。」

說完這些話，我點選了兩年前無法選擇的「回信」項目。

標題：雖然晚了一點

內文：

抱歉隔了這麼久才回信。

因為難以置信、不知道該怎麼辦，所以一直逃避，抱歉。

可是如同妳所說的。

大家已經開始聚集起來，最後我好像也被拉進去了。

說不定已經太晚了，不過接下來我會努力做能做到的事。

還有，那傢伙果然也被捲進來了的樣子。
MOMO好像也是這樣，讓我有點嚇到……

不過，應該沒問題。
這是他自己選擇前進的路。果然是個男孩子呢。
AYANO還在那邊吧。對不起，我一定會去救妳。

那麼，我走了。
只要打倒名叫「明晰」的傢伙之後，一定……

一定要再見喔！

榎本貴音

～後記「讓眼睛爛掉的內容」～

承蒙大家的關照，我是じん。

那麼，大家看完第四集覺得如何呢？

在這一集，寫了以「ＡＺＡＭＩ」這名角色為主的故事。

創作小說第三集時，對ＨＩＢＩＹＡ也是這樣，我好像都會喜歡上成為主角的角色。

所以在第四集執筆結束的現在，ＡＺＡＭＩ算是我相當中意的角色。

就是「你這個笨蛋♡」這樣。

咦？ＳＨＩＮＴＡＲＯ？哦，是有過這麼個人（笑容）。

就是這樣（哪樣？），舞台還是夏天，盛夏之時。

在創作小說第三集時，因為三次元世界是春天所以很輕鬆，但執筆這一集時三次元世界是盛夏，真的有種「饒了我吧」的感覺。

已經沒有暑假之類的了。
沒有海水浴場也沒有露營。
有的只有名為交稿日的試膽大會（說得好）。
不如說，總覺得步調好快。
不久前才剛出完第三集，很快就來到第四集了。這是怎麼回事，整我嗎？
不過就算說了這種話，事情也不會有任何改變。
就算大聲呼喊「救命啊！」逃出家門，「編輯大人」也會拿著巨大的剪刀「喀嚓喀嚓」地立刻追上來。
想盡辦法逃離編輯大人跳上計程車後，那輛計程車司機居然就是「編輯大人」，這種事也是見怪不怪。
大家只是不知道，世界各處都有「編輯大人」呢。很恐怖吧。
然後，每次我的屋內都是一片慘狀。家具與垃圾以四：六的比例布滿垃圾。
超級爆乳的巨乳女僕差不多可以出現了。拜託別再鬧了。我要生氣了。
我就是以這種感覺在寫後記，然後似乎開始出現「咦？這個以前好像寫過了吧」的絕望現象。

已經沒東西可寫了。請救救我。

足不出戶就不會有邂逅。對於這樣的二十二歲男子，與人聊天怎麼會有有趣的話題呢？

不過就算是這樣，還是必須寫。

因為簽名會時有對我說：「期待您的後記！」的讀者！我會寫的！（如果可以也請享受本篇。）

對了對了，最近親戚的女孩子好像也有看我的小說耶？

似乎很喜歡KANO。

KANO啊。哎呀，那傢伙很受歡迎呢。

哎呀。下一集該讓誰嘔吐才好呢（微笑）。

啊，以我個人來說，男生角色最喜歡的是遙。

總覺得身上會散發好聞的味道。

話說回來，不管怎樣都已經是第四集了。

雖然囉唆了一堆，不過一直以來寫得很開心。

「這群人會不會也讓我加入呢？」我總是這麼迫切希望並執筆。

真想進入小說的世界和大家一起玩耍。

說不定在下一集我會說：「我就是KAGEROU DAZE。」出現我本人意外登場的展開。

如果那樣寫的話，編輯大人應該會一邊拿著巨大剪刀發出喀嚓喀嚓聲，一邊對我說「你這個笨蛋♡」，所以應該不行。真是遺憾。

那麼，大概就是這樣，祈禱著第五集盡量提早發行，後記就在此打住了。

下一集的後記再見！那麼，再見了！

じん（自然の敵P）

うに
※ 海膽

我真的非常非常期待!!
故事也開始漸入佳境了呢。
じん桑和しづ桑
真的辛苦了…!在百忙之中
總是能推出超越期待的作品，
真的要向
じん桑們致上敬意。
接下來也請
繼續努力!!!

佐藤まひろ

《陽炎眩亂》的
漫畫也在
連載中!

恭喜
《KAGEROU DAZE 陽炎眩亂》
第四集發售!!

終於來到第四集了，
因為如此，
想到已經好幾年
沒像這樣
和じん桑談論
關於自己的作品，
實在感到相當懷念。
接下來也會
一邊討論，一邊期待
じん桑的作品。
之後請務必
再一起玩!!

佑風呂より

小說第四集
恭喜發售
為在特輯 DOWNNER
漫畫中遇到
不少慘事的
SETO 復仇。
因為診斷 MAKER
測出「浴衣」所以——
哎呀，辛苦了ー!!
我是在第一、二集等處
打擾的りゅうせー。
除了共用じん的房間以外，
打擾的理由已經變得薄弱，
卻還是把我找來，真開心！
by りゅうせー
しづ桑
有空再來
家裡玩ー
有稍微在接
插畫家的工作。
twitter
@ryuseee

卷末特別企畫
內文插圖草稿①

卷末特別企畫
內文插圖草稿②

內文插圖草稿③

卷末特別企畫

內文插圖草稿 ④

卷末特別企畫

內文插圖草稿⑥

卷末特別企畫

內文插圖草稿⑦

卷末特別企畫
內文插圖草稿⑧

國家圖書館出版品預行編目(CIP)資料

KAGEROU DAZE陽炎眩亂. 4, the missing children / じん(自然の敵P)作 ; 劉蕙瑜譯.
-- 初版. -- 臺北市 : 臺灣角川, 2014.07
面； 公分.

譯自：カゲロウデイズ. 4, the missing children
ISBN 978-986-366-046-0（平裝）

861.57 103010684

Kadokawa
Fantastic
Novels

KAGEROU DAZE 陽炎眩亂 4
-the missing children-

（原著名：カゲロウデイズ Ⅳ -the missing children-）

2014年8月7日　初版第1刷發行

作　者：じん（自然の敵P）
插　畫：しづ
譯　者：劉蕙瑜

發 行 人：塚本進
總　監：施性吉
副總編輯：蔡佩芬
主　編：吳欣怡
文字編輯：黃怡珮
美術副總編：黃珮君
美術主編：許景舜
印　務：李明修（主任）、張加恩、黎宇凡、張則蝶

發 行 所：台灣角川股份有限公司
地　址：105台北市光復北路11巷44號5樓
電　話：（02）2747-2433
傳　真：（02）2747-2558
網　址：http://www.kadokawa.com.tw
劃撥帳戶：台灣角川股份有限公司
劃撥帳號：19487412
法律顧問：寰瀛法律事務所
製　版：尚騰製版印刷有限公司
ＩＳＢＮ：978-986-366-046-0

香港代理：香港角川有限公司
地　址：香港新界葵涌興芳路223號
　新都會廣場第2座17樓 1701-02A室
電　話：（852）3653-2888

※本書如有破損、裝訂錯誤，請寄回當地出版社或代理商更換。